DREAMBOOKS ★

정령사 헌터 성공기

6

양인산 현대판타지 장편소설

MODERN FANTASY STORY & ADVENTURE

dream
books
드림북스

정령사 헌터 성공기 6

초판 1쇄 인쇄 2015년 11월 16일
초판 1쇄 발행 2015년 11월 26일

지은이 양인산
발행인 오영배
책임편집 편집부
표지 · 본문 디자인 권지연
일러스트 신상원
제작 조하늬

펴낸곳 (주)삼양출판사 · 드림북스
주소 서울시 강북구 도봉로 173
대표 전화 02-980-2112 **팩스** 02-983-0660
출판등록 1999년 3월 11일 제9-00046호

ISBN 979-11-313-0432-7 (04810) / 979-11-313-0339-9 (세트)

드림북스는 (주)삼양출판사의 판타지 · 무협 문학 브랜드입니다.

정령사 헌터 성공기
6
양인산 현대판타지 장편소설
MODERN FANTASY STORY & ADVENTURE
dream books
드림북스

정령사
헌터 성공기

목차

Chapter 01

던전 탐사

재현이 있던 곳에서 좌표까지 이동하는 데 걸린 시간은 대략 30분 정도였다.

몬스터들이 보일 때마다 우회한 것도 있었지만 몬스터가 집요하게 쫓아올 때가 있어 상대하느라 시간이 좀 더 오래 걸렸다.

작은 언덕조차 찾아보기 힘든 평야의 초원이다.

당연한 얘기지만 헌터들이 몬스터를 발견하기 쉽다는 얘기는 몬스터들도 헌터들을 발견하기 쉽다는 말도 된다.

어찌어찌 몬스터들도 해치우고 수거도 하지 않은 채 급히 좌표까지 도착할 수 있었다.

도착하자마자 앰뷸런스에 실려 이동하는 헌터 몇 명이 보였다.

그들은 몬스터 헌터를 한 곳에 세워 두었다.

어떤 상황이었는지, 어떤 몬스터를 만났는지 던전을 먼저 발견한 5조에게서 그 내용을 들을 수 있었다.

갑작스러운 기습이었고, 던전 내부가 어두웠기 때문에 무슨 몬스터인지는 파악하지 못했다고 한다.

다만 한 가지 확실한 건 몬스터들은 무기를 사용한다는 것이었다.

무슨 무기인지 잘 모르지만 부상당한 동료들의 상처를 봤을 때 창에 찔린 것 같다고 한다.

이미 2조가 정확히 어떤 몬스터인지 파악하기 위해 정찰하러 내려갔다고 한다.

"혹시 오크인가?"

조환성이 턱에 손을 괴며 고민에 빠진다.

옆에 있던 사토나 아일린도 같은 포즈를 취하고 있었다.

"음…… 고블린일 수도 있죠?"

"아냐. 움직임이 무지 민첩했다고 하니까 놀이나 웨어울프 같은 거일지도 모르지."

재현도 그들의 추측에 더했다.

"어쩌면 고블린 라이더일수도 있죠?"

오크나 웨어울프를 실제로 본 적이 없어 확실하게 말하지 못하지만 그래도 자신이 아는 몬스터 중 기동성이 뛰어난 고블린 라이더를 꼽았다.

다들 어떤 몬스터인지 나름 고민하고 있었지만 정확히 밝혀질 때까지는 아무것도 확신할 수 없다.

그저 단순한 추측만 난무한 채, 정찰조가 나왔다.

정찰조에게 죄다 시선이 꽂히고 그들에게 무슨 몬스터였냐며 물었다.

2조에서 리더를 맡은 미국 흑인이 모두를 조용히 시켰다.

"우리가 정찰한 던전에 대해 브리핑하도록 하지."

참고로 그는 영어로 말했다.

재현과 조환성 그리고 사토가 아일린을 바라본다.

"알았어. 통역해 줄 테니까 그런 시선으로 바라보지 마. 부담스러워."

이럴 때 아일린이 있는 것은 정말 행운이다. 흑인이 브리핑을 시작했다.

"5조를 습격한 몬스터는 리자드맨. 매우 민첩하며 현란하게 무기를 휘두르기로 유명한 녀석들이지. 또 전략도 짤 줄 아는 영특함도 지녔고 말야."

재현은 그 즉시 킵보이로 리자드맨에 대해 확인해 보았다.

이름: 리자드맨

종류: 도마뱀과

등급: C-

　-완전히 성장한 리자드맨은 인간과 거의 동일한 신장을 가진다. 빠르고 민첩하며 무기를 다룰 줄 아는 몬스터이다. 부락을 이루어 단체 생활을 하며 우두머리는 지능과 힘 둘 다 강한 자여야만 한다. 교묘한 전략은 고블린과 맞먹을 정도로 영악하기로 유명하다. 장거리 무기는 사용하지 않고, 창을 주로 애용한다. 싸우다 죽는 것을 명예로 알고 있으며 전투에 대한 집착은 오크와 비슷하다. 한번 목표로 삼으면 자기가 죽든 상대가 죽든 무조건 쫓아가는 집요함까지 지녔다. 개체마다 힘은 강한 편은 아니지만 녀석들의 교묘히 파고드는 창술은 가장 주의해야 할 요소이다. 녀석들이 들고 있는 창들은 자신들의 손톱이다. 날카롭지만 일정 크기로 자라면 더 이상 자라지 않는다. (Tip. 주먹으로 치고받는 싸움에는 약하기 때문에 창만 어떻게 하면 쉽게 사냥이 가능하다.)

"리자드맨이라……."

조환성이 침음을 했다.

상대하기 까다로울 것 같다는 생각을 하고 있는 눈치였다.

"리자드맨을 잡기가 그렇게 힘들어요?"

리자드맨을 본 적도 없고, 정보도 이제 확인해 본 재현이기 때문에 물어보았다. 사토가 대신 대답해 주었다.

"솔직히 창만 어떻게 하면 쉬운데 그 과정이 엄청 어렵죠. 특히 던전에 있는 리자드맨은 그 공간까지 활용하기 때문에 더욱 까다롭고요."

이건 말로 듣는 것보다 직접 겪어 봐야 알 것 같았다.

재현은 일단 알겠다는 듯 고개를 끄덕이며 아일린이 통역해 주는 것에 집중했다.

"던전의 크기는 아주 넓은 편이다. 사람 열 명이 어깨동무하고 가도 될 정도의 공간이다. 하지만 길이 워낙 복잡해 자칫 잘못하면 길을 잃기 십상이지. 계속 이동하다 보면 큰 홀 같은 곳이 나오는데, 그곳에 녀석들의 부락도 발견할 수 있었다."

2조는 운이 좋아 녀석들의 부락을 발견했다고 한다. 생각보다 정찰이 빨리 끝났던 것도 다 이것 때문이었다.

"녀석들 부락 너머에도 다른 층으로 내려가는 계단이 있는 것 같지만 피해서 가기 어렵다 판단해서 되돌아왔다. 보아하니 아직 사람의 손을 거친 흔적도 전혀 안 보인다."

사람들이 웅성웅성거렸다.

이번에 발견한 던전은 그들이 최초로 발견했다는 뜻이다.

이것이 의미하는 바는 컸다.

"다들 왜 저리 기뻐해요?"

다만 그 의미를 모르는 건 재현뿐이었다. 그는 어리둥 절한 표정으로 조환성을 바라보았다.

"이 던전은 앞으로 우리 회사에서 독점할 수 있다는 얘 기야."

"그게 가능해요?"

"국제법으로도 가능한 얘기지. 다만 그 던전의 나라에 일정한 돈을 내야 하지만, 여긴 아직 남아프리카 공화국의 땅이 아니라서 말야."

그 말은 굳이 남아프리카 공화국 정부에 돈을 납부하지 않아도 된다는 얘기였다.

자신들은 사냥하고, 이 몬스터들을 팔면 그만이란 소리 였다.

확실히 돈이 절로 굴러들어오는 얘기였다.

"이거 잘하면 이번에 원정 온 모든 헌터에게 보너스를 두둑이 줄지도 모르겠는데?"

"저도 주나요?"

"아무렴. 넌 공식 헌터지만, 우리 회사 레이드 공격대에

왔다는 건 일시적이지만 일루전 컴퍼니 소속으로 취급돼. 회사에서 너에게 할 수 있는 제약은 적지만, 좋은 건 같이 공유할 수 있지."

지금 당장은 일루전 컴퍼니 소속이라고 해도 공식 헌터니 마음대로 명령을 내릴 수 없으니까.

그러니까 재현은 일종에 파견을 나간 것이나 다름이 없었다.

재현이 원정을 나왔다가 잘못되면 모든 문제가 일루전 컴퍼니에게로 향하게 되어 있기 때문이다.

＊　　＊　　＊

던전을 발견하고서 한국 지부에 연락을 취하자 그 얘기는 금방 본사로 향했다.

던전의 발견만큼 이익이 남는 장사가 없기 때문이다.

일루전 컴퍼니 소속의 헌터들이 실력을 쌓기 위해 가도 되고, 다른 소속의 헌터들에게 수익의 일부를 받아도 돈이 된다.

규모에 따라 다르지만 이번에 발견한 던전은 아직 탐사가 제대로 진행되지 않았지만 거대한 규모의 던전 정도 될 거라 판단했다.

리자드맨의 부락의 규모와 부락 뒤의 아래층으로 가는 계단 때문이다.

아직 제대로 밝혀진 건 없지만 그 소문은 금방 퍼져 일루전 컴퍼니의 주가가 상승 중이라고 한다.

회사도 여러모로 이득을 취하고 있기 때문에 스무 명의 인원을 더 파견하기로 했다.

먼저 온 스무 명의 헌터들은 던전 탐사를 실시하며 리자드맨을 소탕하라는 회사 지령이 떨어졌다.

다들 던전을 비출 랜턴과 야간투시경 등을 지참했다.

받은 보급품 중에는 야간에도 싸울 것을 대비해 랜턴과 야간투시경을 주었다.

길은 몇 갈래나 되기 때문에 조마다 한 구간을 맡아 탐색하기로 하고, 떨어져 이동했다.

"그냥 이대로 리자드맨이 있는 부락으로 가면 되지 않아요?"

꽤 오랫동안 걷자 사토가 페트병에 든 물을 한 모금 마시며 그리 물었다.

그의 입장에서는 다 같이 리자드맨의 본진만 치면 되는 거 아니냐는 생각인 것 같았다.

재현도 같은 생각이지만, 여러 갈래의 길을 보고 생각을 접은 상태였다.

"다른 길로 가다가 다른 몬스터의 부락을 볼 수도 있으니까."

"그런 경우는 엄청 적지 않나요?"

"물론 확률은 매우 적지만 일단 사례가 있으니까."

다른 민간 헌터에서 던전을 탐색하다가 같은 층에 종류가 다른 몬스터의 부락 두 개를 발견한 경우도 있었다.

세 개까지 발견된 경우도 있었다.

넓은 영토를 가진 나라들은 자국에 던전 한두 개쯤은 있다.

일본도 오키나와에 하나, 후쿠오카에 하나.

던전이 무려 두 개나 있었기에 사토도 던전에 대해서는 잘 알고 있었다.

한국에는 던전이 형성되지 않았기에 재현은 모르는 게 더 많아 얌전히 그들의 얘기를 들을 뿐이었다.

"잠깐. 랜턴 좀 꺼 봐. 앞에 빛이 보이지 않아?"

아일린이 희미한 불빛을 보며 방패에서 산탄총을 꺼내 탄이 있는지 확인하고, 전방을 겨누었다.

그녀의 말대로 다들 랜턴을 껐다.

그녀의 말대로 정말 커브길에 초록색 빛이 일렁이고 있는 것이 언뜻 보였다.

재현은 정령들을 소환했다.

지하인 덕분인지 노움이 좀 들뜬 기색을 보이고 있었다.

이 주위에 광물이 있으면 메타리엔도 충분히 도움이 될 것이다.

"노움. 미안한데 확인해 줄 수 있니?"

"맡겨만 주세요!"

그 말을 기다렸다는 듯 손을 번쩍 들며 노움이 땅속으로 스며들어 갔다.

땅속에 들어갔는데 재현은 노움이 어디쯤 있는지 알 수 있었다.

정령과 계약자끼리 서로의 위치를 알 수 있기 때문인 것 같았다.

신호가 잡히지 않으면 고철에 불과한 전자기기와는 다르게 정령과의 계약이라는 건 어디에서든지 만능인 것 같았다.

난생처음 보는 활기찬 모습의 노움을 보고 절로 미소가 그려졌다.

그렇게 먼저 노움을 보내고 잠시 대기를 하고 있자 노움이 다시 되돌아왔다.

"어때?"

"뭔지는 모르겠지만 엄청 밝은 광물이 있어요."

"광물?"

"예. 무슨 광물인지 몰라서 메타리엔이 확인해 봐야 할 것 같아요. 아, 그리고 몬스터는 보이지 않아요. 숨어 있는 몬스터도 없어요."

일단 몬스터가 없다니 다들 경계를 풀며 다시 전진한다.

커브길을 돌자 노움이 말한 것처럼 길을 밝게 비추는 무엇인가가 벽과 천장에 박혀 있었다.

조환성이 벽면을 칼로 긁어내자 곧 빛을 내는 돌이 모습을 드러냈다.

"이게 뭐지? 아일린, 사토. 너희들 이게 뭔지 아냐?"

"아니. 나도 처음 보는 거야."

"저도요."

던전에 몇 번 들어온 경험이 있던 그들도 모른다고 하니 재현이 메타리엔을 바라보았다.

재현 말고도 그들도 메타리엔을 바라보았다.

금속의 정령이니 광물쯤이야 모든 다 알 거라고 생각하는 것이다.

메타리엔이 이리저리 살피더니 고개를 갸웃거렸다.

"이거…… 나도 처음 봐…… 광물은 맞는데…… 무슨 광물인지 모르겠어……."

인공적으로 만들어진 금속들은 모를 수 있어도, 자연적으로 만들어진 광물을 메타리엔이 모르는 것도 다 있을 줄이야.

'아, 자연적인 광물이 아닐 수도 있나?'

일단 던전이 생성되면서 만들어진 것일지도 모른다고 생각하면 모를 수도 있겠구나 생각이 들었다.

"좀 더 연구해야 할 것 같아."

"그래. 그럼 몇 개 챙겨 가자."

재현은 벽면에 있던 빛나는 광물들을 일단 가방에 충분히 넣었다.

광물을 챙긴 것은 재현만이 아니었다.

조환성, 아일린, 사토가 야전삽으로 몇 개 캐냈다.

"어디에 쓰게요?"

"회사의 연구부 쪽에 전해 주려고. 연구자들이 엄청 좋아할 거야. 혹시 비싼 것일지도 모르니까 겸사겸사 우리 몫도 섭섭지 않게 챙기고."

굳이 안 비싼 거라도 일단 빛이 나는 걸 보면 꽤 쓸모가 많을 거라며 일단 최대한 챙여 두는 조환성이었다.

재현이 하하 웃었다.

재현도 여전히 돈에 집착했으면 그들처럼 몇 개 챙겨갔을 것이리라.

"여기는 3조. 여기는 3조. 탐사 중 정체불명의 광물을 발견했다."

[치지지직!]

조환성이 다시 무전을 보냈지만 노이즈만 들릴 뿐, 아무도 응답이 없었다. 아일린도 들고 있던 무전기로 확인해 보니 마찬가지였다.

"아무래도 신호가 안 가는 모양이군. 먹통이야."

지하이기 때문에 먹통이 된 건 킵보이만이 아니었다.

서로 이상이 없는지 20분 단위로 서로 무전하기로 했는데, 어느 순간부터 끊겼다.

"그럼 어떻게 해요?"

"별수 없지. 마침 탐사 시간도 지났고. 여기서 돌아갈 수밖에."

그렇게 오늘 하루 탐사는 짧게 끝내고 다시 돌아가야 했다.

*   *   *

이튿날이 되자 일루전 컴퍼니의 각 지부에서 추가 원정 인원이 도착했다.

남아프리카 공화국과 가까이에 있는 나라들이다.

지구 반대편에 있는 나라들은 이제 인원을 선별하기 시작했다고 한다.

현재 원정을 온 헌터의 인원이 스무 명에서 서른 명이 되었다.

　열 명 더 올 예정이라고 하니 대규모 원정이 되어 버린 것이다.

　설악산 몬스터 준동 사태 때도 어마어마한 숫자의 헌터들이 왔었다.

　그건 일루전 컴퍼니도 마찬가지였다.

　한국 지부에 있던 기존 민간 헌터들은 모든 의뢰를 취소하고 위약금을 물어 주면서까지 설악산으로 투입되었다.

　소규모 민간 헌터 회사에서는 열 명이 못 미쳤지만 중규모는 스무 명가량이었다.

　일루전 컴퍼니 같은 대기업에서는 한국 지부를 제외하고 해외 지부에서 긁어모아 쉰 명 가까이 보냈었다는 걸 언뜻 들은 것 같았다.

　현 인원 서른 명, 곧 오게 될 열 명. 혹시 더 선발되어 올지도 모르기 때문에 대충 인원수만 본다면 몬스터 준동 때와 비슷한 수가 도착한 셈이다.

　지금은 현재 도착한 인원들로 던전을 다시 탐사하기 시작했다.

　어제는 발견한 게 오후쯤이라 탐사도 제대로 못 했지만 오늘은 하루 종일 던전을 탐사하기로 했다.

원래 예정은 오늘도 초원에 나가 사냥하는 거지만, 예정이란 게 언제든 변할 수 있는 법이다.

그들은 일정 구간마다 신호 수신 안테나를 놓고 이동했다.

연락이 두절 되어 상태를 알지 못할 일이 생길 수 있어 미리 방지하는 것이다.

그렇게 구간마다 설치하고 있다가 어제 라이트 스톤을 발견한 통로에 도착할 수 있었다.

"몇 번을 봐도 신기한 돌이란 말이야."

아일린이 밤하늘의 별처럼 벽과 천장 가득 붙어 있는 빛나는 광물을 보며 중얼거렸다.

녹색의 빛을 띠는 이 광물을 넘기기 무섭게 일루전 컴퍼니에서 때아닌 난리가 났다.

금속의 정령도 모르는 광물이라니 그 난리가 나는 게 당연한 일이다.

아직 제대로 된 명칭을 부여하지 않았지만 편하게 라이트 스톤이라 명명하고 연구에 착수했다고 한다.

재현도 어제 나름대로 메타리엔에게 조사를 부탁해 봤지만, 어떠한 화학 작용으로 인해 빛이 나는 것밖에는 제대로 된 사항이 나오지 않았다.

라이트 스톤에 대한 건 연구자들이 알아낼 숙제이다.

"일단 건드리지 말고 쭉 전진하자고."

조환성의 말에 다들 긍정을 하며 앞으로 전진한다.

쭉 이동을 하니 거대한 홀처럼 뻥 뚫린 공간이 나타났다.

라이트 스톤이 있던 통로에서 약 1킬로미터 정도 거리다.

천장에 붙어 있는 라이트 스톤이 은은하게 홀을 비추었다.

"여긴 뭐지?"

공간이 활짝 트인 곳에 도착하니 아무것도 없었다.

그들은 이동할 곳이 있는지 확인하기 위해 랜턴을 켜 어두운 부분에 불빛을 비췄다.

어두운 곳에 빛을 밝히니 웬 괴물 석상이 주위에 가득 있다는 것을 알 수 있었다.

고대 유적 같다고 재현은 생각했다.

"뭐지? 던전에 이런 것도 있을 수 있나요?"

사토는 석상이 주위에 있다는 게 이상하다는 듯 바라보았다.

던전에 몇 번 들어가 본 사토지만 석상이 있는 경우는 없었기 때문이다.

"가끔 던전에 보물이나 함정도 있는데 고대 유적 같은 석상이 없으리란 법은 없잖아."

아일린은 별거 아니라는 듯 석상을 몇 번 두들겨 보았다.

석상에는 아무런 이상도, 장치도 없었다.

그냥 석상이었다.

"그렇긴 하네요."

사토도 어깨를 으쓱거리더니 주머니에서 휴대폰을 꺼내 석상들의 사진을 찍었다.

막다른 곳이다.

이곳은 몬스터조차 보이지 않았다.

"빈 공간이로군."

"에이, 뭔가 더 있을 줄 알았더니 이게 다야?"

아일린이 실망감을 감추지 못하고 푹 한숨을 내쉬었다.

라이트 스톤의 발견으로 뭔가 있을 줄 알고 기대했더니 아무것도 없었다.

기대가 컸던 만큼 실망감도 클 수밖에 없었다.

"사토, 사진 촬영 그만하고 그만 가자!"

사토는 한참을 사진을 촬영하다 휴대폰을 끄고 주머니 에 찔러 넣었다.

이제 그들과 함께 되돌아가려고 할 때였다.

문득 바라본 석상이 움직이는 것 같은 기분이 들었다.

처음에 잘못 봤나 했지만, 자세히 보니 석상의 손이 슬 금슬금 하늘을 향해 올라가고 있는 걸 확인할 수 있었다.

"환성이 형, 아일린 누나. 보세요. 석상이 움직이고 있어요."

"무슨 뚱딴지같은 소리야?"

"사토야, 안 무섭다. 이런 걸로 이 누나가 겁먹을 줄 알았니?"

조환성과 아일린이 그런 걸로 안 무서워하니 놀릴 생각 말라는 듯 단답했다. 하지만 사토는 억울하다는 표정이다.

"정말 움직였다니까요? 재현이 형도 보셨죠?"

"응? 글쎄. 나도 못 봤는데."

재현은 석상을 한번 살펴보았다.

움직이는 건 모르겠는데, 확실히 처음 볼 때와 자세가 조금 달라진 기분도 들었다.

"이 사진을 보고 비교해 봐요. 처음 찍은 석상들 사진이에요."

사토는 주머니에서 휴대폰을 꺼내 자신이 찍었던 사진들을 보여 주었다. 사진 속의 석상들은 가만히 서 있는 채로 있었다.

사진을 보고, 동상을 바라보니 조금이지만 자세가 바뀌어 있는 걸 확인할 수 있었다.

"그러고 보니 석상들 모두 손이 조금씩 올라간 거 같지?"

차렷 자세까지는 아니지만 손이 모두 아래로 가리켰던

손들이 정면을 가리키고 있었다.

어떤 것은 주먹을 쥐고 있었다.

그들도 혹시나 싶어 관찰해 보니 사토의 말대로다. 아주 천천히 석상들이 움직이고 있었다.

그때였다.

우지직! 하고 석상 근처에서 공간이 일그러지더니 재현의 킵보이가 시끄럽게 울어 댔다.

몬스터의 반응이다.

홀로그램으로 나타난 그의 킵보이에서는 몬스터의 반응이 계속 포착되었다.

그들은 황급히 서로의 등을 맞대고 사방을 경계했다.

일그러진 공간에서 몬스터들이 쏟아져 나오기 시작했다.

"젠장. 일이 이상하게 꼬여가고 있어! 3조, 몬스터들의 갑작스러운 출현으로 포위당했다! 지원 요청 바란다!"

조환성이 다급히 무전을 하고 있을 때, 석상들이 본격적으로 움직이기 시작했다.

녀석들의 발이 천천히 앞으로 이동했다. 그리고 서서히 녀석들의 몸에 변화가 생겼다.

몸이 갈라지는가 싶더니, 모래알처럼 잘게 부서진 돌들이 조각처럼 땅에 떨어져 내리면서 금속으로 된 본체를 드러냈다.

"캬오오오!"

쩌렁쩌렁 홀 주위를 진동케 할 정도로 큰 괴음이 울려 퍼졌다. 조환성이 녀석들을 보고 소리쳤다.

"가, 가고일!!"

무방비 상태로 순식간에 포위당한 그들의 얼굴이 흙빛으로 변했다.

*　　　*　　　*

이름: 가고일

종류: 생체석상과

등급: C+

－평소에는 석상으로 있다가 침입자가 나타나면 움직여 공격한다. 석상으로 있을 때 전신이 돌로 이루어져 있지만, 움직이기 시작하면 철갑으로 둘러싸이게 된다. 돌로 이루어진 고성이나 고대 유산 쪽에 주로 나타나며, 아주 극히 드물게 던전에서도 나타난다. 전투 도중 각성을 할 때가 있는데, 움직임이 빨라지니 주의해야 한다. (Tip. 움직이기 전에 먼저 공격하면 별로 힘들이지 않고 사냥이 가능하다.)

가고일의 갑작스러운 등장. 하지만 여기서 깜짝 놀랄 일은 하나 더 있었다.

가고일이 나타난 뒤편에서 공간이 찢어지며 수많은 녀석들이 쏟아져 나왔기 때문이다.

재현은 다급히 녀석들에게도 레이저를 쐈다.

　　이름: 자이언트 모스키토

　　종류: 모기과

　　등급: D+

　　ㅡ여섯 개의 침을 모아 피를 빨아먹는다. 녀석들의 침은 아이언 와일드 보어의 가죽까지 뚫을 정도로 강력하다. 피를 주식으로 삼으며 일반 모기와 피를 빠는 것은 같으나, 강한 독성을 지니고 있어 물리면 생명에 지장을 줄 수 있다. 매우 공격적이지만 생명의 위협을 받으면 도망친다. 날아다니면서 공격하기 때문에 상대하기 까다로운 몬스터다. (Tip. 화, 뇌 속성에 매우 취약하다.)

재현은 기가 막힌 표정을 지었다.

"이 괴상한 석상들도 몬스터였어?"

어쩐지 이런 넓은 공간에 떡하니 석상이 있나 했더니 이런 것이었나 보다.

"저 모기 몬스터들은 그렇다 치고, 가고일은 어떻게 하지?"

자이언트 모스키토의 등급을 봤을 때 지니고 있는 총으로 어떻게든 해결할 수 있을 것 같지만, 가고일을 상대하기 난감한 건 사실이다.

대괴수용탄이 제대로 박히는 게 문제가 아니라 통하느냐였다.

몬스터인 이상 대괴수용탄이 먹히긴 하겠지만, 녀석의 전신을 봤을 때 그것도 의문이 들었다.

"그냥 보내 줄 생각은 없어 보이지?"

"아저씨, 그걸 말이라고 해? 몬스터가 인간을 무사히 보내 주는 전례가 있었어?"

"없지. 그냥 우리가 첫 사례가 됐으면 해서 말야."

조환성은 권총을 꺼내 들며 재빨리 탄창을 확인하고 방패를 꽉 쥐었다.

평소 방패로 공격을 막아 내던 그가 권총을 꺼내는 경우는 딱 하나, 위급할 때밖에 없다.

그는 잠금장치를 풀고 녀석들의 움직임에 주시하며 사토에게 물었다.

"사토, 혹시 SR-12MH 가지고 왔어?"

SR-12MH는 몬스터를 사냥하기 위해 만들어진 바주

카포이다.

대괴수용포탄을 장착해 쏘는 것으로, 뭉쳐 있는 몬스터들을 단 한 발로 없앨 수 있는 휴대용 무기이다.

사토는 고개를 저었다.

"설마 던전에 저런 몬스터가 있을 줄 전혀 예상도 못 했죠."

휴대용이라고 해도 15킬로그램이 넘는 무기인 터라 들고 다니기에는 벅찬 것이 사실이다.

"하필 이럴 때. 가고일은 나도 처음 상대하는 거라고. 몬스터 헌터라도 타고 왔으면 화력으로 어떻게든 됐을 텐데."

가고일에 대해 듣기만 했지 실제로 마주한 것은 처음이라고 고백하는 조환성.

이는 사토나 아일린도 마찬가지였다.

가고일이 전 세계에서 손에 꼽을 정도로 적은 몬스터 중 하나였다.

그 때문에 그저 어깨너머로 들었을 뿐, 자세한 정보도 몰랐다.

그나마 가고일과 싸워 본 헌터의 말에 어떻게 대응하는지 호기심으로 들어 봤을 뿐이다.

총보다 폭발물이 좋다고 하는데 그들은 던전이 무너질까 봐 폭발물을 거의 들고 오지 않았다.

개인당 들고 온 것은 수류탄과 점착 폭탄 각각 두 개씩이다.

총 합쳐서 열두 개의 폭발물을 가지고 있는 셈이다.

가고일의 수는 대략 스무 마리 정도 되었다.

한두 개로 녀석들을 완전히 해치우는 것은 무리다.

절체절명의 위기라고 봐도 됐다.

지원이 올 때까지 어떻게든 시간을 끌어야 했다.

"저 모기 녀석들은 굳이 폭발물 안 써도 해치울 수 있을 거 같으니까 만일에 대비해 수류탄 한 발 빼고 모두 아일린하고 재현에게 주자."

조환성과 사토가 가지고 있던 점착 폭탄 두 개와 수류탄 한 발씩을 그들에게 나눠 주었다.

녀석들이 지금 당장이라도 공격할 태세를 갖추고 슬금슬금 그들에게 다가왔다.

이럴 때 필요한 게 조환성의 지휘였다.

그가 서둘러 소리쳤다.

"재현과 아일린이 가고일을 맡는다. 사토와 난 자이언트 모스키토를 상대한다!"

그 말이 떨어지기 무섭게 아일린이 빠르게 움직였다.

방패에서 산탄총을 꺼내 녀석들에게 난사했다.

탕탕탕!

거대한 홀 전체로 총성이 고막을 강타한다.

가고일에게도 어느 정도 통하는 모양이었다.

그녀의 산탄총에 맞은 녀석들이 주춤주춤 뒤로 물러났다. 하지만 그것만으로 부족했다.

확실히 데미지를 입히고 있었지만 큰 한 방은 아니었다.

오히려 총알 낭비밖에 되지 않았다.

"메타리엔, 가고일의 몸 조종할 수 있어?"

금속으로 된 녀석들이라 혹시나 해서 물었지만 메타리엔은 부정적이었다.

"불가능…… 녀석들을 해치우면 가능하겠지만."

금속으로 이루어져 있다고 하더라도 가고일을 조종하기는 힘든 모양이다.

재현은 혀를 찼다.

"폭발물도 부족하니까 우선 녀석들의 수정체를 없애는 것에 초점을 두자."

아일린의 말에 재현이 고개를 끄덕였다.

지금은 녀석들의 수정체를 얻는 것이 문제가 아니라 자신들이 생존해야 할 때였다.

이런 넓은 홀에서 싸우면 열두 개의 폭발물이 한 번에 터져도 무너지는 일은 없을 것이다.

"수류탄 쓰는 법은?"

혹시나 싶어 묻는 아일린이었다.

"알아요. 저 군대 나온 사람이에요."

"좋아. 한국 남자는 이럴 때 믿음직스럽지."

아일린이 그리 말하자 녀석들도 본격적으로 움직였다. 가고일은 움직임이 상당히 둔한 편이었다.

그들에게 다가오는 자이언트 모스키토는 사토와 조환성이 오지 못하도록 위협사격과 제압사격을 동시에 했다.

그들의 사격으로 재현과 아일린은 가고일만을 상대할 수 있게 되었다.

"운다인, 웨이브 커터!"

재현은 한 녀석을 지목해 웨이브 커터를 사용했다. 파도처럼 나아가는 웨이브 커터가 녀석들에게 작렬했다.

찢어지듯 베이긴 했지만, 치명상을 줄 정도는 아니었다.

애초에 녀석들이 고통을 느끼는지 어떤지도 몰랐다.

"운다인, 다시 웨이브 커터!"

다시 한 번 더 날려 데미지를 주려고 했지만, 운다인이 고개를 저었다.

"수분이 부족해, 재현아."

"윽, 하필 이럴 때."

그러고 보니 운다인의 주위에 떠돌아다니는 물방울의 수가 지상과 확연히 달랐다.

충분히 모이지 않은 공격에 위력도 약했다.

지하수라도 흘렀으면 좋았으련만, 돌아다니면서 습기는 전혀 찾아보지 못한 재현이었다.

임시방편으로 재현은 자신이 들고 있던 수통을 열어 수분을 모으도록 했다.

운다인의 공격은 최후의 일격 정도로 사용하기로 했다.

"썬더러, 라이트닝 차징!"

재현이 다른 녀석을 손가락으로 지목하자 썬더러가 재빨리 전격을 날렸다.

한 줄기의 빛이 잠깐 홀을 비추며 녀석에게 적중했다.

허나 가고일은 별다른 피해를 받지 않았다.

하급 정령들 중에 가장 위력이 강한 썬더러인데, 전혀 영향을 받지 않는 것 같았다.

생명체이긴 한데 일반적인 생명체와 달라 전격은 전혀 먹히지 않는 것 같았다.

상성이 너무 안 좋았다.

"썬더러. 넌 자이언트 모스키토를 상대해 줘."

"알았어!"

그래도 상대할 수 있는 몬스터를 상대하도록 하고, 재현은 메타리엔과 노움을 바라보았다.

지금 당장 믿을 수 있는 건 메타리엔과 노움이었다.

이 둘로 강력한 일격을 날릴 수 있을지 없을지 모르겠으나 최선을 다해야 할 때이다.

"노움, 어스 해머!"

지하인 덕분에 노움의 공격 기술들은 거의 대부분 정령력을 사용하지 않다시피 했다.

흙이 뭉텅이로 뭉쳐 바위를 이루며 가고일의 머리를 강타한다.

녀석의 움직임이 정직했다. 하지만 이내 다시 천천히 전진했다.

거북이처럼 이동 속도도 느린 걸 천만다행으로 여겼다.

만일 인간과 같은 속도였다면 그들은 별다른 것도 하지 못한 채 녀석들에게 학살당했을지도 모른다.

하는 수 없이 재현은 근접해 온 녀석들을 오지 못하도록 어스 트랩을 사용해 함정에 빠뜨렸다.

조금 더 뒤에 있는 녀석들에게는 사철을 대량으로 모아 뭉친 후, 녀석들 머리 위로 떨어뜨리게 했다.

아예 깔리게 만들 생각이었다.

효과는 있었다.

한 녀석이 하반신만 깔렸는데 나오지 못하고 있었다.

허나 안타깝게도 한 마리를 잡는 데 꽤 많은 정령력이 소비되었다.

몇 번 쓰면 어지러워질 것 같았다.

지하라 사방이 온통 흙에, 주위에 광물도 있는 덕분에 정령력이 덜 든 것인데도 이 정도다.

"저 녀석들 다 깔리게 하기도 전에 내가 쓰러지겠네."

결국 이 방법은 제외하기로 했다. 가고일은 지금까지 만난 몬스터들과 달랐다.

어지간하면 상성을 전부 무시해 왔던 재현인데, 녀석들에게는 그의 공격이 전혀 먹히지 않았다.

"Fire in the hole! 엎드려!"

엎드리란 말이 떨어지기 무섭게 다들 바로 반응했다.

1초도 되지 않는 시간에 다들 엎드린 후, 귀를 막았다.

투척 후 5초의 시간이 지나자 굉음과 함께 지진이 일어난 듯 던전이 흔들렸다.

천장에서 흙 부스러기가 떨어졌다.

메타리엔은 혹시나 모를 사태에 대비해 주위에 사철의 벽을 만들어 그들을 보호했다.

폭발과 함께 다들 벌떡 일어났다.

계속 엎어져 있을 시간이 없었다.

전열을 다시 가다듬은 후, 사토는 다시 총을 쏘았다.

몬스터들을 다 잡은 게 아니기 때문이다.

흙먼지는 여전히 그들의 시야를 차단했다.

그래도 흙먼지가 조금 걷힌 덕분에 수류탄에 당한 몬스터들의 일부를 볼 수 있었다.

수류탄 파편에 맞아 자이언트 모스키토가 땅에 널브러져 몸이 반으로 잘린 채 날갯짓을 하고 있었다.

흙먼지가 완전히 걷히자 가고일 두 마리가 쓰러져 미동하지 않는 것이 보였다.

수류탄이 폭발하면서 운 좋게도 파편이 두 마리의 몸속에 파고들었다.

수정체를 파괴한 덕분에 두 마리를 잡을 수 있었다.

최대한 뭉쳐 있는 곳에 던졌는데 그 효과를 보았다.

남은 세 마리는 금속이 일부 벗겨진 덕분에 수정체가 훤히 드러났다.

아일린이 수정체를 조준해 재빨리 산탄총을 쏘았다.

세 마리도 충분히 격파해 총 다섯 마리를 잡을 수 있었다.

남아 있는 가고일의 수는…….

"그래도 많아."

방금 전 수류탄 공격 때문인지 녀석들이 넓게 거리를 벌리며 산개했다.

피해를 최대한 줄여 보고자 하는 것이다.

조금의 지능이 있는 몬스터들은 가끔 폭발이 일어나면

일제히 산개하고는 했다.

수류탄과 점착 폭탄을 다 써도 몇 마리가 남는다.

지금 당장 녀석들을 상대할 방법은 폭발물밖에 없는데 큰일이다.

"으아, 이것들 이리저리 막 피해 다니네! 가만히 좀 있어!"

한편 사토가 소리를 질렀다. 그는 열 받았는지 거의 난사하다시피 총을 쏘고 있었다. 그래도 마찬가지로 자이언트 모스키토는 맞을 생각도 하지 않았다.

그나마 썬더러가 선전해 자이언트 모스키토를 격추시키고 있었다.

자이언트 모스키토는 뇌 속성에 매우 취약해 그리 강한 공격을 쓰지 않아도 쉽게 격추시킬 수 있었다.

"사토! 총알 낭비하지 말고 신중히 쏴! 난사하면 오히려 더 안 맞아! 하다못해 점사로 해 놓고 쏴!"

사토의 탄창이 순식간에 비자 결국 조환성이 제지했다.

안 그래도 상황이 좋지 않은데 탄을 낭비하다가 낭패를 볼 수 있기 때문이다.

탕! 탕!

최대한 녀석들이 다가오지 못하도록 아일린이 산탄총을 쏘아 댔다.

몇 초 정도지만 녀석들이 다가오지 못하도록 최대한 늦추고 있었다.

하지만 그것도 한계가 따랐다.

그나마 남아프리카 공화국은 물가가 싼 편이라 대괴수 용탄이 한 발에 삼십만 원 정도다.

덕분에 잔뜩 살 수 있었지만 사 둔 탄의 개수도 한정되어 있다.

"난 탄 거의 다 떨어졌다. 사토 너는?"

"저도 마찬가지예요."

이제 마지막 탄창만 남았을 뿐이다.

그것도 방금 전 난사로 인해 몇 발 남아 있지도 않은 상태였다.

"아일린, 너는?"

아일린도 자신의 탄띠에 있는 총알 개수를 확인하고 인상을 찌푸렸다.

"여덟 발밖에 안 남았어."

일단 저항은 해 봤지만 여전히 녀석들은 건재하다.

다행이라고 하면 썬더러의 활약 덕분에 자이언트 모스키토가 전부 격추되었다는 것이다.

도망치기에도 역부족인 화력이다.

"일단 통로를 향해 수류탄하고 점착 폭탄을 던져!"

그녀는 운에 맡기기로 하고 수류탄과 점착 폭탄을 던졌다.

그들도 그녀를 따라 남아 있는 폭발물을 전부 가고일을 향해 던졌다.

그 후 그들은 곧장 바닥에 납작 엎드렸다.

콰아앙! 쾅! 콰아앙!

일곱 번의 굉음이 들리고, 흙먼지가 홀 가득 뿌옇게 채웠다.

어디서 불어왔는지 바람이 불어와 흙먼지가 순식간에 사라졌다.

가고일이 날갯짓으로 흙먼지를 걷어 낸 것이다.

그들은 녀석들이 얼마나 피해를 봤는지 확인했다.

일곱 개의 폭발물을 던졌는데 고작 다섯 마리만 피해를 입었다.

그나마도 쓰러진 녀석은 단 한 마리다.

거의 반쯤 몸이 날아간 녀석들을 향해 몇 번 총을 쏘니 수정체가 파괴되며 움직임이 정지됐다.

"키아오오오!"

녀석들이 심상치 않았다. 갑자기 괴성을 지르는가 싶더니 주위로 붉은색 빛이 모여들기 시작했다.

가고일의 움직임이 바뀌었다.

거북이처럼 느릿느릿하던 녀석들이 평범한 인간이 걷는 속도로 변했다.

"안 되겠다. 재현아, 퇴로를 막고 있는 가고일에게 함정을 파서 빠뜨려! 그 틈에 후퇴한다!"

"노움!"

조환성의 말에 재현이 즉각 반응했다.

노움은 서둘러 어스 트랩을 사용해 가고일들을 땅속으로 빠뜨렸다.

이제 도망치자며 통로를 향해 내달렸지만, 그들은 곧 멈춰 서야 했다.

가고일이 함정에서 빠져나왔기 때문이다. 기어 올라온 것이 아니고, 날갯짓을 하며 말이다.

"저 자식들 날아다니잖아?!"

금속으로 되어 있어서 날지 못할 줄 알았더니 그게 아니다.

녀석들의 날개는 장식으로 달려 있는 게 아니었다.

"윽! 어떻게 빠져나가지?!"

조환성이 이 상황에서 쥐가 나도록 머리를 굴렸지만 떠오르는 방법이 없었다.

그때 재현이 한 가지 방법을 떠올렸다.

"노움, 땅굴을 파! 땅굴을 통해 도망가자!"

그가 떠올린 것은 바로 땅굴!

노움은 땅의 정령이니 쉽게 땅을 팔 수 있고, 순식간에 안전한 곳까지 도망칠 수 있을 거라 판단했다.

뒤쫓아오는 녀석들이 있겠지만, 통로가 좁으면 한 마리씩 상대하는 것이나 마찬가지니 별로 어려움도 없을 거라 생각했다.

하지만 그의 기발하다는 생각도 곧 노움이 고개를 젓는 것으로 좌절을 맛봐야 했다.

"저도 그 생각은 해봤는데 땅속에 단단한 암석이 있어서 힘들어요. 땅굴을 파면 가고일의 무게 때문에 무너질 거예요. 매몰되거나, 녀석들에게 순식간에 둘러싸여 몰살당할 확률이 더 커요!"

도망칠 수 없다니!

재현은 물론이고 모두의 얼굴이 사색으로 변한다.

"제기랄!"

아일린과 사토가 남아 있는 탄을 가고일을 향해 쏘아 댔다.

한 마리라도 잡으려고 쏘고 있었지만, 녀석들의 몸이 얼마나 단단한지 남아 있는 탄을 쏘아도 한 마리조차 잡을 수 없었다.

지원은 아직 도착하지 않았다.

다섯 갈래길에서 이곳까지 한 시간이 넘는 거리다.

뛰어온다고 해도 도착하려면 한참 남았다.

쿵!

묵직하게 뭔가가 땅에 떨어지는 소리가 그의 귀를 자극했다.

아일린이 멍하니 천장을 바라보며 손에 쥐고 있던 총을 떨어뜨리는 소리였다.

사토도 이미 포기한 듯 몬스터와 싸울 때 항상 전방을 향하던 총부리를 땅에 떨어뜨렸다.

조환성도 이 상황에서 어떻게 판단을 내려야 할지 몰라 이미 포기한 상태였다.

더 이상 답이 없다는 결론이 나온 것 같았다.

모든 걸 내려놓은 듯 눈까지 감는 것을 보고 재현도 이를 으득 갈았다.

지금껏 위기를 몇 번 맞이한 적은 있지만 이번에는 정말 죽겠구나 하는 생각밖에 안 들었다.

'아아, 여기서 끝이구나.'

재현도 다 내려놓은 듯 멍하니 천장을 바라보다가 눈을 감았다.

죽을 때는 최소한 고통 없이 죽여 줬으면 좋겠다고 생각했다.

"재현아!"

운다인이 그를 부르는 순간, 재현의 눈이 확 뜨였다.

운다인이 비장한 눈빛으로 그를 바라보고 있었다. 아니, 운다인만이 아니었다.

썬더로도, 메타리엔도, 노움도 결연한 눈빛으로 그를 바라보고 있었다.

"포기하지 마."

운다인을 필두로, 다들 그에게 한마디씩 했다.

"아직 안 끝났어."

"재현답지 않아!"

"아직 전투 중이에요!"

평소 졸린 말투였던 메타리엔이 졸음기 없는 모습으로 그를 노려보듯 바라보고 있었다.

심지어 소심한 성격의 노움도 그 어떤 때보다 결연한 모습을 보이고 있었다.

그 순간 재현은 스스로 무슨 생각을 했는지 깨닫고 약해지려는 마음을 단단히 붙잡았다.

그래, 포기하기에는 아직 이르다.

여기서 이렇게 죽을 수는 없다!

'내가 이것밖에 안 되는 놈이었어?'

자신답지 않았다.

위기 상황에서 좌절은 했을지라도 항상 마음을 단단하게 먹고 지금까지 잘 헤쳐 나왔다.

지원이 오기까지 멀었다 하더라도

그들은 포기했을지 모르지만, 재현은 이대로 포기할 수 없었다.

수많은 역경을 넘고 넘어 여기까지 왔다.

한국 땅도 아니고 타지에서 죽을 수는 없었다.

아니, 지금까지 해 온 것이 억울해서라도 죽을 수가 없었다.

'윤정이가, 어머니가, 누나가 기다리고 있어. 여기서 죽는 게 말이 돼? 대못을 박을 짓을 한다고? 아니, 절대 난 그렇게 못 해!'

의지를 다잡자 재현의 심장이 맹렬히 뛰었다.

은은하던 주위가 훤히 보이기 시작했다.

아직 몬스터들이 남아 있다.

전투는 끝날 때까지 끝난 게 아니다.

[그래. 맞아. 전투가 불리하면 끝까지 발악해. 절망적인 상황이라고 해도 끝날 때까지 발악해. 그러면 반드시 길이 열릴 거야. 그게 남들이 보기에 꼴사납더라도 말이지.]

그의 머릿속에 누군가의 목소리가 울린다. 익숙한 목소리다.

누구였는지 기억이 나질 않는다.

모습도 보이지 않고, 단순히 목소리만 그의 머릿속에 울려 퍼질 뿐이다.

그럼에도 그는 그 목소리에 집중하고 있었다.

[일단 살아남아. 너에게 주어진 시련이야. 이 정도도 못 넘는다면 그건 그저 피라미 같은 인생일 뿐이다. 내가 전에 말해 준 것만 기억하면 돼. 아직 불안정한 힘이지만, 곧 네가 다룰 수 있게 될 거야. 설마 벌써 내가 말해 준 걸 잊은 건 아니겠지?]

맞다. 이것은 시련이다.

인생을 살면서 시련은 언제 어디서나 있다.

시련의 굴곡이 작을 수도 있고, 클 수도 있다.

오늘은 인생의 굴곡이 큰 날일 뿐이다.

시간이 해결해 줄 것이 아니라면 자신의 힘으로 헤쳐 나아가야 할 시련이다.

되든 안 되든 일단 부딪친다.

부딪쳐 보지 않고 후회하는 것보다 부딪치고 후회하는 게 자신의 성미에 맞다. 언제나 그랬다.

[그래, 부딪쳐. 그리고 승리를 쟁취해. 그 후에 승리에 취하면 되는 거야. 앞으로 어떻게 해야 할지 말해 주지 않아도 알겠지?]

자신을 이끌어 준 그 목소리가 더 이상 들려오지 않는다.

그러나 불안하지 않았다.

오히려 머리가 차갑게 식었다.

재현은 차갑게 식은 머리로 어떻게 하면 몬스터들을 쓰러뜨릴 수 있을지 생각해 낸다.

그래, 자연의 힘을 빌려 오는 것이다.

그렇다면 어떤 자연을 빌려 오는 게 좋을까?

수분이 부족한 곳이다.

수분을 빌려와 봤자 위력도 얼마 내지 못한다.

전격을 쓰기에도 마땅찮은 곳이다.

바람이 불지 않는 밀폐된 공간이라 오존을 만들어오히려 스스로 자멸하는 꼴밖에 되지 않는다.

그렇다면 주위에 널려 있는 자연의 힘을 빌려 온다.

흙과 금속.

주위는 온통 흙이고, 흙 속에는 항상 사철이 있다.

빌려 올 자연이 이렇게 널려 있지 않은가!

그의 이마와 가슴이 뜨거워지며 통증이 일어난다. 하지만 그 고통을 참고 이를 꽉 깨문다.

그의 이마와 가슴에서 빛이 일어나며 계약의 증표가 떠오르기 시작한다.

Chapter 02

정령화

재현의 주위로 빛이 일렁인다.

갑작스러운 빛과 바람이 몰아치자 조환성 일행이 눈을 일제히 뜨고 그를 바라보고 있었다.

연두색의 기운이 그의 몸에서 발산되고 있었다.

재현이나 정령들에게 매우 친숙한 기운, 그것은 정령력이었다.

재현의 머리 색은 바뀌어 있었다.

검은색이던 그의 머리카락이 어느새 갈색을 띠고 있었다.

"말도 안 돼…… 재현이가 정령이 된 것 같아."

정령들은 운다인의 말에 할 말을 잃었다.

정령들도 느끼고 있었지만 그는 정말 정령이라도 된 것처럼 정령의 기운이 충만했다.

그러면서도 인간의 육체 그대로다.

인간도 아니고, 정령도 아닌 그 중간의 생명체가 된 것 같았다.

정령들은 무엇으로 표현해야 될지 감을 잡지 못하고 멀뚱히 바라볼 뿐이었다.

재현은 자신의 손을 쥐었다 폈다 반복했다.

이마나 가슴에 통증이 있었는데 지금은 아무렇지도 않았다.

지금의 느낌은 뭐라고 형용해야 될지 재현 스스로도 판단을 내리지 못했다.

나쁜 기분은 아니다. 오히려 더 좋아진 기분이다.

자신도 모르게 얼굴에 미소가 드리워졌다.

"캬오오오!"

가고일들이 갑자기 괴성을 지른다.

심상치 않은 기운을 느낀 것인지 계속 다가오던 녀석들이 주춤주춤 뒤로 물러나고 있었다.

그러고 보니 방금 전까지는 상당히 위협적으로 느껴지던 녀석들이 이제 아무렇지도 않았다.

위협을 느끼기보다 오히려 여유를 되찾았고, 그저 잡몹

으로만 느껴졌다.

녀석들이 물러나는 걸 보고 있자니 방금 전의 자신이 왜 그랬는지 이해할 수 없을 정도로 느껴졌다.

"왜 그래, 너희들. 방금 전에는 안 그랬잖아. 좀 더 와. 안 오면 내가 갈까?"

재현이 한 발자국 앞으로 내밀었다.

녀석들이 한 발자국 뒤로 물러난다.

한 번 더 내미니 마찬가지로 녀석들은 뒤로 후퇴한다.

그 모습이 상당히 우스꽝스럽게 보여 자신도 모르게 낄 낄 웃을 뻔했다.

재현은 손을 지면으로 향했다.

"어스 도미네이션(Earth Domination)."

그의 왼손에 흙더미들이 올라온다.

아무런 형태도 없는 흙이 그의 손에서 춤을 추기 시작했다.

재현은 오른손을 흙에 바짝 댔다.

"아이언 샌드(Iron Sand)."

흙이 골라지며 그의 오른손에 사철이 모였다.

그 작업은 상당히 간단하게, 빠르게 이루어졌다.

"사철 가시."

순식간에 재현은 사철을 가시 형태로 만들어 한 녀석에

게 날렸다.

아무런 대비도 하지 못하고 한 녀석이 괴성을 질렀다.

피해는 있었지만 생각만큼 녀석들에게 위협적이지 않았다.

아슬아슬하게 녀석의 몸을 뚫어 수정체를 파괴할 정도로 깊숙이 박히지 않았다.

"그렇단 말이지?"

그렇다고 아주 방법은 없는 건 아니다. 재현은 더욱 많은 사철을 모으기 시작했다.

사철이 그의 주위를 떠돌아다닐 정도로 많은 양이 모이자 그의 왼쪽 손등에서 빛이 일어났다.

썬더러와의 계약의 증표가 나타나며 이번에는 전류가 일어났다.

전류가 일어나자 그의 손으로 사철이 모였다.

전류를 조작하니 주위에 휘날리던 사철이 형태를 띠었다.

전류를 따라 형태가 만들어진 것이다.

마치 크라켄의 촉수처럼 여러 갈래로 사철이 흔들거렸다.

재현은 전류를 다시 조종했다.

사철 전기톱처럼 맹렬히 움직이고 있었다.

"다들 엎드려!"

엎드리라고 외친 것은 다른 누구도 아닌 운다인이었다.

운다인의 외침과 함께 그들이 즉각 반응했다. 그들의 본능도 그의 공격이 위험하다고 말하고 있었다.

그들이 엎드리기 무섭게, 재현의 손에 있던 사철이 휘둘러지기 시작했다.

그의 손에 있던 사철의 검이 채찍처럼 휘둘러졌다.

그가 휘두른 사철의 검이 녀석들의 몸에 닿자, 녀석들의 몸에서 절삭음과 함께 불똥이 튀겼다.

녀석들의 몸이 반으로 갈라졌다.

고작 한 번 휘둘렀을 뿐인데, 그 많던 가고일들의 몸이 반으로 나뉘어졌다.

그럼에도 녀석들은 움직이고 있었다.

재현은 여기에서 멈추지 않고 몇 번 더 휘둘러 녀석들의 날개, 팔, 다리, 목을 잘라 냈다.

그제야 녀석들의 움직임이 멈췄다.

장기가 없는 녀석들이기 때문에 어딘가 잘려도 움직일 수 있지만, 사지를 잘라 버리면 움직이지 못했다.

압도적으로 녀석들을 제압한 재현을 다들 멍한 눈으로 바라볼 수밖에 없었다.

*　　*　　*

"어우, 온몸이 쑤신다."

숙소로 돌아온 재현은 제 몸을 스스로 가누기 힘들 정도로 온몸이 쑤셨다.

손가락을 움직여도 마치 안 쓴 근육을 쓴 것처럼 아팠다.

들것에 실렸을 때도 그 조금의 흔들림이 얼마나 고역이었는지 모른다.

일어서거나 걷는 건 가능했지만 그것도 엄청난 고통을 수반해 움직이기가 겁날 정도였다. 그래서 선택한 것은 가만히 누워 있는 것이었다.

조환성과 아일린은 그런 그를 바라보고 있었다.

"경황이 없어서 물어보지 못했는데 그런 힘을 갖고 왜 진즉에 안 쓴 거야?"

아무도 다치지 않고 결과만 보자면 좋게 끝났지만, 그들 입장에서는 재현이 진작 그 어마어마한 힘을 쓰지 않은 것이 불만이었다.

이렇게 생고생할 일도 없었을 테니 말이다.

솔직히 말하자면 이해를 하지 못해 이렇게 대놓고 묻는 것이었다.

재현의 입장에서는 억울하지만, 아무것도 모르는 그들에게 화를 낼 수도 없다.

재현도 그들의 입장이었다면 그와 같은 생각을 했을 테니까.

"저도 이거 처음 써 보는 거예요. 아니, 정확히 말하자면 두 번째지만요."

"두 번째?"

"자이언트 크라켄을 잡았을 때요. 그때 어떻게 한 건지 잘 기억이 나지 않았는데, 이번에 성공하게 된 거예요."

이제 사용법을 알게 된 재현이다.

저번에는 어떻게하는지 몰랐는데, 이제는 자유자재로 사용이 가능했다.

정확하게는 정령들의 기술을 그대로 사용하거나 그 이상의 힘을 쓸 수 있었다.

정령들은 재현의 정령력을 빌려 쓰는 것이지만, 그는 자신이 가지고 있는 정령력을 온전히 사용할 수 있으니 위력이 더 강할 수밖에 없었다.

그 후유증으로 이렇게 앓아누워 있지만 말이다.

"몇 번이고 계속 쓸 정도로 좋은 건 아니네요. 안 쓰던 근육을 쓴 것처럼 온몸이 쑤신 걸 보면요."

재현은 그들이 볼 때든 안 볼 때든 운동을 꾸준히 한다.

또 헌터 일을 하면서 여기저기 돌아다니다 보니 자연스럽게 운동이 되었다.

"정령사들은 다 이런가?"

조환성의 물음에 그가 고개를 저었다.

"저만 그런 걸 거예요. 정령들도 저처럼 정령력을 이용해 기술을 사용하는 건 처음 봤다고 했으니까요."

무엇보다 재현의 정령들이 다른 정령들에게 물어봤을 때 자기를 놀리냐며 비웃음당했다는 말을 들었다고 했다.

정령들도 모르는 사항이니 다른 계약자들이 자신과 같은 힘을 썼다고 보기 어려웠다.

세상은 넓고 사람은 많다 보니 당연히 어딘가에 있을 수 있겠지만, 있다고 해도 극소수일 거라는 생각이 들었다.

"정말이냐?"

"정말이에요. 좀 믿어 주세요."

여전히 못 믿겠다는 의심스러운 눈초리의 조환성이다. 옆에서 지켜보던 아일린이 술을 들이켰다.

"애초에 이것 가지고 거짓말을 할 이유도 없는데 믿어 주자. 어쨌든 재현이 덕분에 산 건 사실이니까."

재현의 진심이 닿은 걸까. 고개를 끄덕이고는 옆에 놓아 두었던 물을 삼켰다.

"그래, 믿는 수밖에. 우리가 정령사도 아니고 정령사인

너의 말을 믿어야지."

아일린이 옆에서 말을 보탰다.

"딱히 추궁을 하려던 건 아니었지만 서운해서 그랬던 거니 이해해 줘."

충분히 이해할 수 있다고 말하자 어느 정도 누그러진 표정이었다.

그때서야 조환성이 그의 몸 상태를 물었다.

"움직이기 힘들어하는 거 같은데 어디 잘못되거나 그런 건 아니지?"

"쑤시는 게 전부예요. 금방 털고 일어날 수 있을 거예요."

"그래? 낫는 데 얼마나 걸릴 것 같아?"

"잘 모르겠지만 하루 이틀은 충분히 갈 것 같은데요?"

그 이후에도 좀 쑤시겠지만 아주 못 움직일 정도는 아닐 것이다.

애초에 지금도 움직일 수 있으니 조금만 쉬다 보면 다시 정상적으로 몬스터 사냥에 나설 수 있을 거라 생각했다.

그들과 달리 재현은 능력자다.

능력자의 힘은 어떤 상황에서 갑자기 상승할 수도 있다.

그것이 깨달음일 수도 있고, 갑작스러운 폭주로 인한 것일 수도 있다.

허나 그는 일시적인 힘을 구사한 것이 아니라 앞으로도 활용 가능한 힘을 쓰게 된 것이다.

전력이 강해졌다면 그들 입장에서도 딱히 나쁜 게 아니다.

오히려 좋은 점이 훨씬 많았다.

다만 지금은 정비를 해서 어떻게 해야 할지 포지션을 다시 잡아야 했다.

"그럼 그때까지 몸조리를 하고 있어. 우리도 잠깐 사냥을 중단하고 여러 가지로 준비해야 할 게 많거든."

"그간 사냥 안 하시게요?"

어지간한 몬스터라면 그들도 충분히 상대할 수 있어 의문을 표했다.

혹시 누가 다치기라도 했나 생각했다.

그리고 보니 사토가 보이지 않았다.

돌아올 때 멀쩡했던 것 같은데 혹시 어딘가 다친 게 아닌가 걱정이 들었다.

"다친 사람은요?"

"없어. 사토가 없어서 다쳤다고 생각한 거야? 걱정 마라. 그 녀석은 지금 너에게 필요한 약이나 파스 가지러 갔으니까."

여러모로 자신을 신경 써 주는 사토가 고마워 눈물이

날 것 같았다.

정령력이 다 되어 정령들을 소환하지 못해 이 꼴이지만 지금 당장 파스는 꽤 도움이 될 것이다.

"그럼 왜 사냥을 안 가시는데요?"

"위에서 임시로 던전에 못 들어가게 막아서 말야. 가고 일도 있고, 공간을 찢으면서 몬스터가 나타났으니 비상이 걸렸어. 공간을 찢고 몬스터가 계속 나타나는 던전이 주로 B급이라서 말이지."

그러니까 아래층으로 내려가면 일루전 컴퍼니에서 해결할 수 없는 등급의 몬스터가 나타날 수 있다는 말과 다를 바 없었다.

C급 몬스터 중 최고 위치에 있는 오크도 어떻게 하지 못한다.

그런데 B급 몬스터가 있다면 다른 헌터를 고용해 아래로 내려가 조사할 수밖에 없는 것이다.

또 가고일 같은 몬스터가 던전 내부에 있을 경우도 대비해야 했다.

때문에 위에서도 이에 대한 해결책을 찾기 위해 던전을 임시로 막아 둔 상황이었다.

언제 다시 열릴지 모르지만 그가 움직이지 못하는 동안 준비를 철저히 하기로 한 것이다.

　　　　*　　　*　　　*

　재현은 어느 정도 정령력을 회복하고, 잔디밭에 앉아 정령들을 소환했다.

　이제 어떻게 자신이 정령들처럼 기술을 사용할지 알게 되었기 때문에 연습을 하는 것이다.

　그가 가장 먼저 하는 것은 수분을 모으는 것이다.

　"자, 그럼 내가 차근차근 설명해 줄게."

　"응. 잠깐 기다려 봐."

　재현이 살며시 눈을 감으며 집중한다.

　그 상황에서 했던 일을 떠올리며 집중하니 어느덧 그의 오른쪽 손등에서 푸른색 빛이 아른거렸다.

　곧 푸른색 빛과 함께 계약의 증표가 나타났다.

　"수분은 공기 중에 항상 떠 있어서 어디서든 모을 수 있어. 다만 건조한 곳에서는 수분이 부족해서 잘 안 모이지만, 이곳은 수분이 충분하니까 걱정하지 말고."

　운다인이 수분을 모으는 법부터 알려 주었다.

　"수분은 방금 말했다시피 어디에든 존재해. 그러니까 정령력을 사용해서 그 수분을 천천히 끌어모아. 정령력을 더듬어 가며 수분을 끌어모은다고 생각하면 돼."

재현도 쉽게 이해할 수 있게 최대한 쉽게 풀어 얘기해 주었다.

그는 시험 삼아 물을 모아 보았다.

당연한 얘기지만 쉽게 모이지 않았다.

정령력을 더듬어 가란 말에 정령력을 공기 중으로 날리자 물의 기운이 느껴졌다.

그것을 천천히 모으려고 했지만 어찌 된 것인지 전혀 미동이 없다.

"왜 안 모이지?"

"처음이라서 그런 걸 거야. 애초에 인간이 정령력으로 수분을 모은다는 시도가 최초겠지만."

정령들이야 늘상 하는 것이지만, 인간에게 있어서는 처음 있는 일이다 보니 약간의 오류가 있을 수도 있다.

재현은 운다인의 말에 따르면서 열심히 해 본다. 마찬가지로 되지 않는다.

"재현아, 혹시 물은 다룰 수 있어?"

"잠깐만."

재현은 근처에 있는 수돗가에서 양동이에 물을 담아 물을 다루기로 했다.

힘을 사용해 정령력으로 물을 쓰니 되었다.

"이건 또 다뤄지는데?"

"이상하네. 이렇게 자유자재로 다룰 수 있는데 왜 수분은 모으지 못하는 걸까?"

인간과 정령은 다른 생명체라서 그런 걸까란 생각이 들기도 하지만, 물의 정령들에게 수분을 모으는 건 숨 쉬듯 쉬운 일인 것 같았다.

"지금처럼 정령력을 조종해서 한번 수분을 모아 봐."

문득 그의 귓가에 운다인의 특정 단어가 머물렀다.

"조종한다고?"

"응."

재현은 의아한 듯 고개를 갸웃거렸다.

'빌려 오는 게 아니라 조종을 해?'

그는 자신이 지금 물을 다루는 걸 조종하고 있다고 생각하지 않았다.

오히려 물을 빌려 온다고 생각하며 정령력으로 그 수위만 조절할 뿐이다.

재현은 자신과 운다인이 뭔가 다르다는 생각을 했다.

자신은 분명 빌려 온다고 생각했는데, 운다인은 조종한다고 생각하고 있었다.

그러고 보니 운다인이 수분은 끌어 모으는 거라고 한 것이 떠올랐다. 그리고 그 말에 따랐지만 미동이 없었다.

'혹시 싫지만……'

재현은 생각을 달리했다.

운다인의 말처럼 지금 다루고 있는 물을 조종한다고 생각했다.

그러자 그의 손 위에 머물던 물들이 순식간에 잔디밭에 떨어졌다.

"아하! 원인을 알았어."

재현의 얼굴에 미소가 번졌다.

원인이 무엇인지 이제야 깨닫게 된 것이다.

"정말?"

"정령은 자연을 관장하는 생명체잖아."

"응."

"하지만 인간은 자연을 관장하는 생명체가 아냐."

자신은 애초에 이 힘을 어떻게 구사하는지 알고 있었지만 여전히 생각을 바꾸지 못했던 것뿐이었다.

그렇다.

이것은 정령들과 인간의 다른 점 때문이었다.

정령들은 말 그대로 자연으로 이루어진 생명체이며 자연을 관장한다. 빌려 온다고 생각하지 않는 게 정상이다.

자신들이 자연이고, 곧 자연의 힘이기 때문에 조종하는 것이 맞았다.

하지만 인간은 정령과 달리 자연의 일부일 뿐이다. 그

때문에 조종하는 것이 불가능하고, 당연히 빌려 오는 것이 맞았다.

'수분을 조종해서 모으는 게 아니라 빌려 온다.'

이번에는 운다인처럼 수분을 조종하는 게 아니라 빌려 온다고 생각하자

변화가 생긴다.

좀처럼 진전이 없던 수분 모으기가 진행되기 시작했다.

아주 조금씩, 천천히 진행되고 있었지만 수분이 그의 손에서 모이기 시작했다.

"대단해! 이렇게 쉽게 모이다니."

재현은 수분을 모은 후, 운다인처럼 압축을 하기 시작했다.

역시나 진행은 느리지만 운다인처럼 어떻게든 압축하는 게 가능했다.

"운다인은 물의 정령이기 때문에 물을 조종할 수 있지만, 나는 아니거든. 인간은 자연을 빌리는 존재니까 빌려 오는 게 맞은 거였어."

정령과 좀 다르지만 어쨌든 물을 이용해 다룰 수 있다는 건 큰 메리트였다.

"축하해, 재현아."

운다인이 손뼉을 쳤다.

다른 정령들도 그에 호응하듯 박수를 쳤다.

군이 정령들의 도움 없이도 재현은 직접적인 전투에 임하는 게 가능해졌다는 소리였다.

물론 직접적인 전투가 가능해졌다고 해도 정령들을 안 쓰겠다는 말은 아니다.

정령들과 함께 싸울 수 있다는 건 그만큼 전투가 좀 더 수월해진다는 의미이다.

*　　　*　　　*

그렇게 나흘이 지나자 재현도 어느 정도 몸을 회복할 수 있었다.

어제는 몸풀기로 잠깐 초원에 나가 몬스터들을 사냥했다.

재현의 힘이 개방되자 포지션을 새로 짜게 되었고, 그는 전방을 맡게 되었다.

조환성과 사토는 아일린을 호위하는 쪽으로 되었다.

몬스터 헌터를 타고 이동하며 사냥을 계속 이어 가며 돈도 꽤 벌었다.

C급 몬스터들은 그다지 어려운 사냥감이 아니었다.

특히 무리를 짓고 다니는 모락크조차 그에게는 그저 호

랑이 앞에 서 있는 토끼 꼴이 되었다.

스스스스—

재현의 주위로 빛이 일렁이자, 무리를 짓던 녀석들이 주춤 뒤로 물러난다.

그러면서 사나운 본질은 변하지 않는지 날카로운 송곳니를 드러내며 경계한다.

한 녀석이 무서움도 모르고 재현에게 달려들었다.

"아쿠아 슬래쉬(Aqua Slash)."

그의 팔에 물이 둘러지며 날카로운 형태가 만들어졌다.

물의 칼날이 만들어지기 무섭게 망설임 없이 휘둘렀다.

그가 휘두른 물의 칼날에 녀석의 몸이 길게 베여지며 땅에 엎어졌다.

죽지는 않았지만 고통에 몸부림치고 있었다.

"라이트닝 익스플로전!"

녀석의 주위로 정전기가 심하게 일어나는가 싶더니 이내 폭발하듯 터졌다.

녀석이 소리를 지를 새도 없이 까맣게 그을린 채 혀를 내밀고 땅에 엎어졌다.

한 마리 사냥 성공.

모든 속성의 공격을 사용할 수 있기 때문에 번갈아가면서 사용이 가능하다.

정령들이 사용한 기술은 다른 기술들로 전부 활용이 가능하다.

마찬가지로 재현이 사용한 기술을 정령들이 사용하는 것도 가능했다.

그의 손에서 압축된 물을 운다인이 그대로 사용했다.

재현은 던전에서처럼 수분이 떨어질지 몰라 오른손에 수분을 계속 모으고 있었다. 그리고 왼손에는 꾸준히 전류를 모았다.

재현이 녀석들 중 한 녀석을 가리키며 소리쳤다.

"운다인, 아쿠아 버스트!"

운다인이 강력한 물대포를 녀석들에게 날렸다.

재현도 운다인처럼 물대포를 날린다.

강력한 물살에 녀석들이 넘어지고, 일어서지 못했다. 그 순간 그가 썬더러에게 소리친다.

"썬더러, 라이트닝 차징!"

썬더러의 강력한 전류가 녀석들의 몸을 감전시킨다.

전류가 젖은 대지를 타고 흘러 다른 녀석들도 감전시켰다.

그 와중에 두 녀석이 전류의 영향권에서 벗어나 우회하며 그에게 달려들기 시작했다.

뒤에서 총을 쏠 준비 중이던 아일린과 사토에게 괜찮다

는 듯 제지했다.

수분과 전류를 모으는 것은 아직 느리다.

결국 재현이 당장 공격할 수 있는 수단을 사용하기로 하자 그의 이마와 가슴이 아려 오기 시작한다.

흙으로 가득한 황량한 초원이다.

굳이 수분이나 전류를 모을 필요도 없이 흙을 퍼다 쓰면 된다.

사철도 흙에 함유되어 있기 때문에 모으는 건 그리 어렵지 않았다.

"제가 처리할게요."

노움이 나서려고 하자 재현이 손을 뻗어 제지했다.

"아냐. 쉬고 있어."

이번 사냥은 자신이 직접 사냥을 해 보는 것에 치중하기로 했기 때문이다.

"어스 해머!"

흙으로 된 거대한 망치가 한 녀석에게 직격하고 움직임이 정지한다. 다른 녀석은 여전히 그를 향해 달려오고 있었다.

하지만 재현은 무슨 생각인지 녀석을 바라볼 뿐, 가만히 있었다.

감정을 느껴 본바, 여유로운 것을 보니 분명 생각하는

바가 있었다.

녀석이 일정 거리까지 다가오자 재현이 손가락을 아래에서 위를 향해 긋는 시늉을 했다.

"아이언 샌드 트랩."

그 순간, 모락크의 바로 밑에서 사철로 이루어진 가시가 튀어나오며 몸을 꿰뚫었다.

순식간에 꼬치가 되어 버린 녀석이 발버둥을 치며 저항했지만, 움직이면 움직일수록 녀석의 상처만 더 벌릴 뿐이다.

"아이언 샌드 트랩은 좀 더 생각해 보면 정령력을 줄이고 효율성을 높일 수 있을 것 같군."

일단 자연을 자유자재로 사용할 수 있게 되다 보니 정령들이 쓰지 못하는 기술도 써 본 재현이었다.

그 덕분에 생각만 했지, 실제로 이행하지 못한 기술을 마음껏 펼칠 수 있었다.

정령들이 사용하는 기술은 한정되어 있다.

다른 기술들은 정령력의 소비가 너무 컸다.

효율성이 너무 떨어져 사용하지 않고 있었지만 자신이 직접 써 보며 고칠 점이 무엇인지 확인해 나갔다.

전투가 끝나자 그의 몸에서 일렁이던 빛이 점차 사라졌다.

문신처럼 피부 밖으로 드러난 계약 증표가 서서히 사라졌다.

정령력을 사용할 때마다 몸에서 빛이 일어나는데 그것이 정령의 기운과 비슷하여 이를 '정령화'라고 부르기로 했다.

정령화를 하게 되면 재현은 인간이면서도 정령과 같이 변한다.

몬스터들을 쉽게 잡을 수 있다는 큰 메리트가 생겼다.

정령력의 소비가 커지긴 했지만 자신이 직접 싸울 수 있으니 그의 입가에도 미소가 드리워졌다.

이번에 잡은 사냥감을 보고 다들 만족스럽다는 표정을 지었다.

"이번에도 압도적이군."

재현이 전방으로 가니 사냥이 너무 수월해 날로 사냥하는 기분이었다.

총알도 몇 번 써 보지도 않고 사냥이 가능했다.

재현이 혼자서 다 사냥하다시피 하니 그게 걸렸는지 그에게 지분을 더 많이 주기로 했다.

돈을 벌기 이전에 양심적인 문제가 있기 때문이다.

"뭔가 불합리한 기분이야. 우린 죽어라 총 쏴야 간신히 잡을 몬스터를 혼자서 잡다니."

아일린이 후우, 한숨을 내쉬었다.

이럴 때 능력자들이 부러운 건 어쩔 수 없었다.

아무리 육체와 심신을 단련해도 능력이 없는 헌터는 능력을 가진 헌터보다 불리하다.

"저도 꽤 지치지만요."

그는 멈출 줄 모르는 땀을 닦아 냈다.

자신이 직접 전투에 참여해서 좋긴 하지만 문제라고 한다면 자신이 상상하는 것 이상의 정령력을 사용한다는 것이다.

정령들이 사용하는 것보다 더 많이 사용하는 것 같았다.

정령들이 사용하는 기술 자체를 본인이 써 본 적이 없다 보니 쓸데없이 낭비되는 정령력도 꽤 많았다.

이는 정령들에게 조언을 받고 자주 사용하다 보면 해결될 문제라고 생각할 뿐이다.

조환성은 운반업자들에게 전화해 모락크 몇 마리를 사냥했다고 알리고 자리를 지키며 기다렸다.

근방에 운반업자들이 있을 테니 20분 내로 도착할 것이다.

"아, 환성이 형. 그런데 조 통합 건은 어떻게 됐어요?"

나흘 간 일루전 컴퍼니에서는 한 가지 논의가 이루어졌다.

바로 조의 인원을 다시 편성하는 것이다.

기존에 이미 짜 두었던 조들은 그대로 유지하고, 새로 투입된 헌터들을 조에 끼워 넣는 식이었다.

재현도 이에 대한 얘기를 들어서 알고 있었다.

간신히 네 명이서 호흡을 맞추게 된 조도 있는데 여기서 갑자기 인원이 늘어나 불평을 쏟는 조도 있었다.

인원이 늘어난 만큼 포지션을 다시 짜야 하니 그것도 꽤 골치 아픈 일이다.

"어제 그 건이 통과된 모양이다. 이미 편성이 나왔는데 변경 사항이 있을 수도 있으니 아마 오늘 저녁에 다 집합시키겠지. 그리고 조의 리더에서 난 밀려날 것 같다."

새로 투입된 헌터들이 오면서 오늘 3조의 인원도 늘어난다.

좋은 점도 있지만 나쁜 점도 확실히 존재한다.

거기다 더 큰 문제는 조환성이 더 이상 조의 리더가 아니라는 점이다.

이번에 바뀌는 리더는 흑인으로, 미국인이라고 한다.

일루전 컴퍼니 본사에 있던 자인데, 긴급 파견된 자이며 성질이 급하고 사납다고 한다.

"아는 사람이에요?"

"아는 것만이 아니지."

아일린이 몬스터 헌터에 등을 기대며 크게 한숨을 내쉬었다.

"나랑 아저씨가 본사에 있을 때 그 녀석하고 엄청 싸웠거든. 그 사건으로 우리는 징계를 당할 뻔했다."

"어쩌다가요?"

사토도 모르는 일이라서 물어보자 말도 말라는 듯 그녀가 손사래를 쳤다.

"만나면 느끼게 될 거다. 얼마나 감당이 안 되던지. 어휴."

그들이 이런 모습을 보이는 건 처음이라 사토와 재현의 궁금증은 더해져만 갔다.

"그 녀석이 뭐라고 하든지 그냥 한 귀로 듣고 한 귀로 흘려 버려."

"왜요?"

"남을 깎아내리면서 자기를 높이며 자랑하거나 별로 가치 없는 얘기만 하거든. 자기 얼굴에 금칠하는 데 선수지."

얘기만 들었는데 대충 어떤 사람인지 알 것 같았다. 그러다 재현이 고개를 갸웃거렸다.

"어차피 영어만 써서 괜찮지 않나요?"

어차피 영어도 잘 못해 뭐라 말해도 알아듣기는 힘들다. 하지만 조환성이 씁쓸하게 웃었다.

"그 녀석 생긴 건 고릴라에다가 근육 돼지인데, 10개 국어 이상 하는 녀석이다. 절대 기억 능력자인지 뭔지. 듣거나 본 건 절대 안 잊는 녀석이지. 심지어 나무에 붙어 있는 이파리 수도 전부 기억해서 언어 사전하고 교재만 대충 훑어봐도 몇 시간 내로 한 나라의 언어를 마스터한다."

"……."

재현과 사토가 침묵했다.

절대 기억 능력자를 말로만 들었지 실제로 만날 수 있을 거란 생각은 못 해 봤다.

어떤 사람일지 궁금하다는 것과 설마 한국어를 아는 건 아니겠지란 생각이 머릿속에 떠돌아다닌다.

"녀석이 뭐라고 하던 그냥 무시해라. 그리고 시비를 걸면 되도록 상대하지 말고."

"왜요?"

"똥이 더러워서 피하지, 무서워서 피하는 게 아니니까. 녀석을 대할 땐 그게 답이다."

그 말에 아일린이 손으로 입을 틀어막으며 웃었다.

마음 같아서는 크게 웃고 싶었을 것이다.

조환성도 자기가 한 말이 웃겼는지 하하하 웃었다.

"그리고 재현은 특히 조심해라."

"저요?"

의아한 표정을 지으며 눈만 깜빡이자 조환성이 고개를 끄덕였다.

"그 녀석은 공식 헌터를 탐탁지 않게 여기거든. 뭐, 회장님께서 눈여겨보는 너에게까지 그럴 수 있을지 어떤지 모르겠지만 만일이란 게 있으니까."

그냥 노파심에 말하는 거라고 한 조환성.

아일린은 옆에서 설마 그 녀석이 아무리 무식해도 그러지는 않을 거라고 말하며 걱정 말라 다독인다.

그러나 그들이 우려하던 현실은 얼마 있지 않아 일어나게 되었다.

Chapter 03
맥스 크리스 주니어

저녁이 되자 일루전 컴퍼니에서 헌터들을 집합시켰다.

이번에 새롭게 투입된 헌터들과 조를 발표하기 위해서다.

조는 이미 진작에 확정되었지만 바뀐 곳도 있었다.

서로 친분이 있는 조도 있었지만, 처음 만난 조도 꽤됐다. 재현이 속한 조는 안면이 있지만 그리 반가운 만남이 아니었다.

조환성이 말한 대로 그의 조는 맥스인지 뭔지 하는 흑인이 리더로 바뀌었다.

"헤이~ 조환성. 여기서 다시 만나다니. 두 번 다시 얼굴

마주치지 말자고 했지? 그런데 이렇게 만났네. 하하하!"

맥스는 조환성을 향해 중국말로 뭐라고 말하고 있었다.

조환성의 얼굴이 잔뜩 찌푸려진 걸 보니 좋은 말은 아닌 것 같다고 재현은 생각했다.

"아일린도 오랜만이야."

이번에 대답한 것은 포르투갈어. 포르투갈어를 처음 들었기 때문에 유창한지 어떤지는 모르지만,

"……그래."

아일린은 대충 그리 대답하고는 다른 곳에 시선을 향했다.

맥스는 조환성에게 손을 내밀었다.

"오랜만에 만났는데 그렇게 뚱해 있을 거야? 악수라도 하는 게 어때?"

"우리가 그런 사이는 아니었던 걸로 기억하는데?"

"하여간 동양인들은 별것 아닌 것 가지고 계속 기억한다니까? 서로 쿨하게 싹 잊자고. 어차피 이제 이 조의 리더는 나인데."

조환성이 못마땅한 표정으로 인상을 찌푸렸다. 맥스는 히히 웃었다.

맥스도 딱히 그와 악수를 나눌 생각은 없던지 내밀었던 손을 거두고 재현과 사토를 바라보았다.

"니하오?"

맥스는 중국어로 인사했다.

인사말은 알지만 그 뒤에 더 뭐라고 하는 건 못 알아들었다.

그는 그들이 아무런 답변도 하지 못하자 중국인이 아니란 걸 깨달았다.

"웨얼 알 유 프롬?"

"코리아."

"재패니스."

"한국인 앤드 니혼진?"

발음을 보아하니 혀를 굴리는 건 있었지만 한국어와 일본어를 잘 아는 것 같았다.

"맥스 크리스 주니어다. 반갑다."

"박재현이라고 합니다."

절대 기억 능력이 뭐라고, 엄청나게 유창하다.

조환성에게 들은 것과 좀 많이 차이 나는 것 같았다.

첫인상은 잘 웃고, 호탕하고, 싹싹한 사람이라는 인상이 강했다.

확실히 겉모습은 아일린이 말한 것과 동일했다.

고릴라에다 근육 돼지라는 말을 왜 했는지 알 것 같았다.

맥스는 일본어로 사토와 이야기를 나누었다가 한국어로 말했다.

"한국에 몇 번 가서 지냈기 때문에 한국어를 조금이나마 할 줄 아니 걱정 말라고."

깊은 대화까지는 하지 못한다는 말을 뒤이어 말하고, 맥스는 잘 지내 보자는 말을 한다.

그러면서 남을 깎아내리고 자신을 포장한다는 느낌은 없었다.

아직 첫 대면이라 확실한 것이 아니라 좀 더 지켜봐야 할 것 같지만 말이다.

하지만 조환성과 아일린은 얼굴만 잠깐 내비치고 자리를 피했다.

사토도 눈치를 보다가 일단 조환성을 따라갔다. 남겨진 것은 재현뿐이다.

"하여튼. 쿨하지 못한 녀석들이라니까."

맥스는 실실 웃더니 재현에게 손을 내밀었다.

"어쨌든 잘 지내보자고. 내가 봤을 때 너는 저 녀석들과 다르게 쿨가이 같으니까."

재현은 일단 그와 악수를 했다.

*   *   *

던전은 내부를 확실하게 조사하기 위해 임시로 폐쇄하고 일주일 후에 다시 열겠다고 한다.

그간 초원에 나가 사냥을 해야 했다.

모든 조들은 던전으로 향하지 않고, 서로의 호흡을 맞춰 보고자 몬스터 헌터를 타고 초원에서 사냥을 개시했다.

3조도 마찬가지였다.

"녀석들이 도망친다! 잡아!"

사냥을 하다가 왼쪽으로 도망치자 조환성이 소리쳤지만, 맥스의 목소리가 송수신기에서 들려왔다.

[아니, 도망가는 녀석들은 놔 둬. 조환성. 따로 행동하지 마라.]

이번에 잡고 있는 몬스터는 포악크라는 몬스터로, 이족 보행을 하는 버팔로 몬스터다.

전체적으로 피부는 검고, 머리에는 뿔이 나 있으며 단단한 발굽으로 상대를 찍어 누르는 무서운 몬스터다.

어찌나 힘이 센 지 발굽으로 내리치면 철판도 구부러진다고 한다.

뿔도 사용해 목의 힘이 어찌나 센지 트럭도 들어 올릴 수 있다고 한다.

평소에는 단독 행동을 하는 녀석이지만 오늘은 마침 암

수가 번식 중이었고, 그것을 3조가 발견했던 것이다.

한 마리는 어찌어찌 재현이 잡았지만, 나머지 한 마리는 그 틈에 도망쳐 버렸다. 재현이 영문을 모르겠다는 듯 말했다.

"같이 가면 되지 왜 도망치도록 놔두는 거죠?"

[우리의 피해가 늘어날 수도 있고, 못 따라오는 자들도 있을 테니까. 힘을 보존하는 데 주력해.]

어떻게 보면 여유를 가지고 사냥을 하는 것으로 보이지만, 전체적인 상황을 그려 보면 헛소리를 하고 있다고 생각했다.

힘을 보존하는 데 주력하는 것은 재현이 아니라 맥스쪽이었다.

사토와 아일린은 두 시간 만에 탄창 네 개를 다 비울 정도로 사냥했지만, 맥스의 파티는 총을 쐈어도 두 발 정도 쏜 것이 전부다.

이미 지칠 대로 지쳤다. 쉴 시간도, 정비할 시간도 없이 스파르타식으로 계속 사냥을 하니 금방 지쳤다.

처음 전방, 중방, 후방을 정할 때부터 조환성의 표정이 좋지 않았는데 결국 지금 폭발했다.

"저걸 그냥……!"

"이봐, 아저씨!"

아일린이 말릴 틈도 없이 조환성이 신경질적으로 몬스터 헌터에 탑승하더니 맥스 쪽으로 몰았다.

조환성을 따라 그들도 뒤이어 이동했다.

그가 몬스터 헌터에서 내리고 맥스의 멱살을 붙잡았다.

"맥스. 지금 장난해? 우리가 휴식도 없이 지금까지 소모한 총알이 몇 개라고 생각하는 거야?"

"사냥 때 총알을 소모하는 건 당연한 거 아닌가?"

"재현이가 없었으면 우린 벌써 총알 다 썼어!"

재현 덕분에 그나마 총알을 안 쓴 거지, 그가 없었더라면 진즉 바닥났을 것이다.

"보아하니 대부분 탄창을 소모한 이유도 다 너 때문 아닌가? 그나마 아일린이나 사토가 잘 맞췄지. 내가 봤을 때 네 총알은 대부분 엉뚱한 방향으로 튀던데?"

"그럼 내 권총을 줄 테니까, 네가 이 권총으로 포악크 가죽을 뚫어 봐!"

"그러니까 누가 그런 싸구려 권총을 쓰래?"

"이 개자식이……!"

조환성이 더는 못 참겠다는 듯 주먹을 쥐고 그를 한 대 때리려고 하자, 아일린과 사토가 그를 붙잡았다.

"아저씨, 참아."

"환성이 형. 참으세요."

"놔! 나 이 새끼 때리고 차라리 징계 먹으련다!"

조환성이 바득바득 소리 질렀다.

이번에야말로 혼쭐을 내 주겠다는 듯 달려들려고 했지만, 온 힘을 다해 제지하는 두 사람을 밀치고 가기에는 무리였다.

어찌나 흥분했는지 중국말로 소리치고 있었다.

뭐라고 하는지 본인과 맥스만 알겠지만, 최소한 좋은 말은 아니라는 것만은 확실하다.

재현은 맥스에게 다가갔다.

그도 맥스가 너무 심하다고 생각이 들어 조환성과 같은 마음이지만, 일단 맥스가 조장이니 참기로 했다.

"맥스 씨."

"씨라는 호칭은 미국하고 전혀 안 맞으니까 붙이지 마. 그냥 편하게 맥스라고 불러. 재현."

"좋아요. 맥스, 너무 우리만 싸우고 있어요. 이건 부당하게 느껴져요."

"호오, 부당하다고?"

"예. 맥스 씨야 지휘한다고 할 수 있지만, 다른 멤버들도 적극적으로 나서지 않고 있잖아요. 누가 봐도 환성이 형처럼 화냈을 거예요."

맥스가 이해한다는 듯 고개를 끄덕였지만

"미안하지만 그래도 무리다."

"어째서죠?"

"이 녀석들은 사격도 잘 못하거든."

그 말에 재현의 인상도 확 찌푸려졌다. 말도 안 되는 핑계다.

민간 헌터가 되려면 반드시 필수인 것 중 하나가 사격이다.

백발백중까지는 아니라고 하더라도 최소한 스무 발 중 열다섯 발은 맞출 수 있는 자들이 온다고 들었다.

물론 사격을 못해도 근접전에서 탁월한 실력을 보이면 그 평가를 능가하는 좋은 점수를 받지만, 그들은 전부 질 좋은 총을 한 자루씩 들고 있다.

1.5배율 조준경이라든지, 레이저 조준기 등등 여러 가지 부착물이 달려 있었다.

또 사냥을 나서기 직전 약식으로 장비를 검사하는 걸 봤는데 꽤 능숙했다.

최소한 근접전을 하는 자들은 아니라는 소리였다.

총기에 대한 지식이 엄청 많았다.

영어로 대화할 때도 재현이 일부분 알아들었는데, 대부분 총에 대해서였다.

근접과 관련된 말은 일절 하지 않았던 것으로 기억한다.

'마음에 안 드네.'

재현은 사냥을 시작한 지 단 두 시간 만에 맥스의 일당이 마음에 들지 않게 되었다.

조환성과 아일린, 사토, 재현은 전방에 나섰다.

그러면서 자기들은 중방과 후방을 맡았다.

안전하게 뒤에서 서포트하는 역할만 맡는다.

그러나 서포트를 한다고 해도 엄호도 해 주지 않았다.

애초에 총을 잘 쏘지 않고, 사냥감을 넙죽 받아먹었다.

맥스는 훨씬 더 뒤에서 망원경으로 지켜보며 그들을 지휘하기만 했다.

재현은 어제 맥스를 처음 만났을 때 꽤 괜찮은 사람이라고 생각했는데, 지금은 그저 실망감만이 들었다.

뭐 이런 사람이 다 있나 싶을 정도로 사람이 못돼 먹었다.

"쿨가이가 되시죠?"

"무슨 의미야, 재현? 난 쿨가이라고. 항상 쿨해."

"맥스가 말하는 건 쿨한 행동이 아니라 얍삽한 행동이에요."

"뭐? 얍삽하다고?"

"과거 일을 잊자고 말한 사람이 환성이 형에게는 쿨하지 못하다고 말했으면서 정작 맥스는 비겁한 짓을 하고 있잖아요."

비겁한 짓이라는 단어를 듣자 눈썹이 씰룩 움직인 맥스.

그는 불편한 기색을 숨기지 않고 재현을 바라보았다.

그는 당연히 시선을 피하지 않고 똑바로 마주했다.

아무리 마음에 안 드는 사람이 조원이라고 해도 공과 사는 구분할 줄 알아야 한다.

공과 사도 구분하지 못한다면 그것은 리더로서의 자격이 없는 것이다.

"좋아. 포지션은 다시 정하기로 하지. 일단 총알도 소비한 만큼 보급도 해야 하니까 그간 쉬고 있으라고."

여전히 못마땅한 표정이지만 이 정도면 됐다고 생각해 재현이 고개를 끄덕였다.

어쨌든 말을 아예 못 알아듣는 사람은 아닌 것 같다고 생각했다.

하지만 이는 재현의 착각에 불과했다. 맥스는 자신을 비겁하다고 말한 재현을 계속 노려보고 있었다.

*   *   *

"후우, 일이 귀찮게 꼬일 것 같다. 재현아. 너 조심해야겠다."

조환성의 파티끼리 모인 자리에서 그의 말에 재현이 고개를 갸웃거렸다.

"왜요?"

"녀석이 널 찍은 모양이다."

"솔직히 좀 기분 나쁠 것 같지만…… 그냥 넘어가는 것 같은데요?"

인상을 찌푸리는 걸 보긴 했지만 말하는 걸 보니 스스로 인정하는 분위기였다. 또 말도 잘 통하는 상대라는 생각이 들었다.

"저래 보여도 뒤끝이 심한 녀석이다."

"그래도 설마 제게 무슨 짓을 하겠어요?"

"또 모르지. 앞에서 저렇게 해도 뒤에 어떻게 할지 모를 녀석이니까. 저 녀석의 신경을 거스르다 죽은 녀석들도 꽤 된다."

"예?"

아니 그건 또 무슨 황당무계한 소리란 말인가. 대놓고 살인을 한다는 소리가 아니던가!

"법정에 안 넘겨요?"

"실제로 재판까지 갔지만 증거가 있어야 처벌을 하지. 다들 심증은 가는데, 물증이 없다 보니 어떻게 못 하고 있다."

"그래도 조사하면 될 거 아니에요."

"나올 게 있었으면 벌써 감방에 갇혔겠지. 무엇보다 지휘 실패 때문에 사망자가 나왔다고 발뺌하면 되니까 잘 넘어간 거지. 워낙 이 바닥이 변수가 많다 보니 아무리 유능한 지휘관이라도 사망자가 안 나오게 할 수 없거든."

설마 그렇게까지 하겠냐고 말하는 재현이지만, 그래도 경각심은 가지자고 생각했다.

* * *

포지션이 다시 짜여졌다.

재현은 여전히 전방이었지만, 조환성과 사토는 중방, 아일린이 후방을 맡게 되었다.

전방은 재현 말고 백인 남성 두 명도 같이 있었다.

그들은 신속한 사격과 기동성을 위해 휴대성이 높은 돌격소총을 주무기로 사용하고 있었다.

무슨 총인지는 모르지만 모락크나 포악크의 가죽을 쉽게 뚫을 수 있는 것을 보면 최신형인 것 같았다.

반동이 심하긴 하지만 위력이 뛰어나니 괜찮아 보였다.

포지션이 다시 짜여지고, 다시 호흡을 맞추기 위해 사냥감이 보이는 즉시 전방이 먼저 나서서 공격했다.

이번에 나타난 몬스터는 자이언트 놀이다.

　　이름: 자이언트 놀

　　종류: 하이에나과

　　등급: C

　　−사람과 거의 동일한 신장을 가진 하이에나 몬스터이다. 직립보행을 하며 이동 시에는 사족보행으로 기동성을 살린다. 무기를 들기보다 날카로운 발톱과 이빨을 자주 사용해 진화한 것으로 추정된다. 매우 포악하면서 무리를 지어 다닌다. 강력한 발톱과 이빨을 가장 조심해야 한다. 자이언트 놀이 입고 있는 방어구는 수정체와 연동하여 방어력을 상승시켜 주어 강한 충격을 주어야만 파괴시킬 수 있다. (Tip. 녀석들의 약점은 방어구 안쪽이다. 약점 부위를 방어구를 둘러 극복하고 있다.)

　설명에 나온 것처럼 인간과 동일한 신장을 가진 자이언트 놀은 블레이드 퓨마와 흡사하게 생겼다.

　다른 것이라고는 털색과 갑옷 같은 것을 입었다는 것뿐이다.

　무기를 사용하고, 방어구도 장착한 놀에서 짐승형으로 다시 되돌아가고 있는 것이다.

[녀석들이 입고 있는 갑옷부터 파괴한다.]

플레이트 메일의 일종인 판금갑옷을 착용하고 있는 녀석이기에 갑옷의 파괴는 필수적이다.

전방에 있던 헌터들이 한 손에 방패를 땅에 붙이고, 총을 방패 위에 얹어 조준 사격을 실시했다.

탕! 탕! 탕!

우레와 같은 소리가 지천을 울렸다.

메마른 소리와 함께 빠르게 날아간 총알이 녀석들의 몸에 맞았다. 하지만 가죽이 어찌나 두꺼운지, 대괴수용탄을 썼어도 뚫지를 못했다.

데미지는 줄 수 있어도 치명적인 것은 기대할 수 없어 보였다.

녀석들이 입고 있는 갑옷도 어지간해서는 뚫리지 않았다. 맞추면 방향을 틀어 애꿎은 곳으로 튕겨 나갔다.

갑작스러운 공격에 녀석들이 으르렁거리며 짖기 시작했다.

[총알을 낭비하지 마, 이 멍청이들아! 폭탄을 쓰라고!]

자기 팀원이 총알을 쓰자 못마땅하다는 어조의 목소리가 들려오며 그들은 몬스터 헌터를 몰며 일제히 유탄을 발사한다.

하지만 이미 그들이 오고 있는 것을 발견한 자이언트

놈들은 주위로 산개하며 그들에게 달려왔다.

그들은 몬스터 헌터를 몰면서 녀석들의 주의를 분산시키며 틈이 날 때마다 폭탄을 던지거나 유탄을 발사했다.

대괴수용 유탄이 발사되며 녀석들의 지척에서 펑펑 터져 나갔다.

폭발에 휘발리거나 그 파편에 맞은 녀석들. 확실히 총알보다 효과는 있었지만, 제대로 맞추지 못해 효과는 미미했다.

너무 서툰 솜씨라 재현은 그들을 의심했다.

몬스터 헌터를 모는 것부터 자세까지 안정적인데 솜씨가 너무 형편이 없었다.

일부러 빗겨 맞추고 있다는 생각이 들었지만 설마 하는 생각을 했다.

"노움. 흙을 잔뜩 모아. 운다인은 모은 수분으로 흙을 적셔."

재현은 정령들에게만 맡기지 않고 자신도 정령화를 하여 오른손에 흙을 뭉치는 것과 동시에 수분으로 그 흙을 물에 적셨다.

진흙이 완성되는 것은 순식간이었다.

재현은 한 녀석을 지목하며 소리쳤다.

"머드 스트라이크!"

노움과 재현의 손에서 진흙이 날아가며 녀석에게 쏟아졌다. 자이언트 놀은 이를 피할 생각도 하지 않았다.

고작 진흙일 뿐이라는 걸 스스로 느낀 것이다.

당연히 이렇다 할 데미지는 없었다.

그냥 진흙을 날린 것일 뿐이니까. 하지만 재현은 아무런 이유도 없이 정령력을 낭비하고 있는 것이 아니었다.

아무것도 아닌 진흙을 날린 것처럼 느껴지지만 다 노림수가 있었다.

진흙이 어중간하게 굳어 버리고, 녀석의 몸에 착 달라붙자 그 효과가 바로 나타났다.

기동성이 확실하게 줄어든 것이다.

녀석들이 입고 있는 방어구의 약간 벌어진 틈으로 진흙이 흘러들어가 그 무게를 더하고 있었다.

재현은 이때다 싶어 요리조리 녀석들에게서 잘 피해 가던 몬스터 헌터를 다시 뒤로 몰았다.

웨에에에엥!

굉음 소리를 내며 빠르게 녀석에게 접근하는 재현.

녀석이 팔을 크게 휘두르자 그가 핸들을 돌렸다.

가가가각!

옆면이 살짝 긁힌 재현의 몬스터 헌터.

다행히 칠만 좀 벗겨진 것뿐, 기능에는 이상이 없다.

그는 그 와중에도 폭발물 보관함을 열어 점착 폭탄을 꺼내 전원을 켜고 녀석에게 던졌다.

점착 폭탄은 정확히 녀석의 방어구에 찰싹 붙었다.

"잘 가라."

그 말고 함께 폭발 버튼을 누르자 녀석의 몸에 달라붙어 있던 점착 폭탄에서 폭발이 일어났다.

대괴수용으로만 지급해 준 폭탄이기 때문에 근접한 거리에서 터진 폭탄의 위력은 어마어마했다.

녀석의 방어구가 순식간에 망가지며 튼실한 하체와 팔에 비해 허약한 몸이 여실히 드러났다.

녀석의 연한 살이 보였다.

녀석에게 근접전은 위험한 일이기 때문에 중방에 있는 헌터들에게 맡겨야 했다.

"아일린, 지금이에요!"

[안 그래도 그러려고 했어!]

아일린을 부르자 한 발의 총성이 중방에서 들려오며 녀석의 몸에 구멍이 생겼다.

녀석이 피를 흘리며 앞으로 꼬꾸라졌다.

그제야 여유를 찾은 재현은 사냥이 얼마나 진행되었는지 확인한다.

그가 한 마리를 잡을 동안, 그와 함께 전방에 있던 헌터들은 생채기만 냈을 뿐 이렇다 할 공격도 못 했다.

각자 한 마리씩 맡고 있기 때문에 유탄을 쏘기도 애매한 위치인 것 같았다.

수류탄을 던져도 녀석들이 옆으로 피해 가기 일쑤였다.

"또 내가 지원해 줘야겠군."

이건 뭐 거의 혼자서 처리하는 거나 다름이 없다는 생각이 들었다.

재현은 그들을 지원하기 위해 몬스터 헌터의 방향을 바꾸며 폭발물 보관함에서 점착 폭탄 한 개를 꺼내 손에 쥐었다.

"헤이, 블루 몬스터 헌터! 턴 레프트!"

헬멧을 착용하고 있어 얼굴이 보이지 않아 재현은 파란색 몬스터 헌터를 타고 있는 자에게 소리쳤다.

파란색 몬스터 헌터에 타고 있던 헌터가 재현의 말에 따라 왼쪽으로 급격히 꺾었다.

재현은 마주 오는 자이언트 놀에게 점착 폭탄을 던져 정확히 녀석의 등 뒤에 붙이고 오른쪽으로 방향을 틀었다. 폭발 범위에 벗어나기 무섭게 그는 곧바로 폭발 버튼을 눌렀다.

콰아앙!

대지를 진동시키는 거대한 폭발과 함께 자이언트 놀의

울음소리가 지척에 울린다.

녀석의 갑옷이 벗겨지기 무섭게, 이때를 기다린 아일린이 다시 총을 쏴 녀석을 제압했다.

같이 사냥한 기간이 좀 되다 보니 말하지 않아도 호흡이 척척 맞아떨어졌다.

이제 남은 것은 두 마리. 재현은 이 기세를 몰아 남은 녀석도 사냥하기로 했다.

몬스터 헌터를 다시 몰자, 파란색 몬스터 헌터에 타고 있던 헌터도 그의 뒤를 따랐다.

*   *   *

"딱! 똑! 똑!"

후방에서 이를 지켜보고 있던 맥스는 일부러 송수신기에 대고 목소리를 흘리며 따로 챙겨 둔 송수신기를 반대쪽 귀에 꽂았다. 그러자 그 회선에 다른 이의 목소리가 들려왔다.

[들리십니까?]

"그래. 준비됐지?"

[예.]

"그래. 너만 믿는다."

잠깐이지만 짧은 대화를 나누고 다시 원래 회선으로 되돌린 그가 짐짓 아무렇지 않은 척 다시 지휘를 시작했다.

✳   ✳   ✳

마지막으로 남아 있는 자이언트 놀이 노란색 몬스터 헌터를 타고 있던 헌터에게 계속 달려들었다.

어찌나 민첩하고 영악한지 점착 폭탄을 던질 때면 갑자기 멈추거나 옆으로 빠지는 것으로 폭탄을 피해 냈다.

또 땅에 떨어진 점착 폭탄에 유인하려고 했지만 떨어진 곳은 전부 기억하는지 그 근처도 얼씬거리지 않았다.

결국 하는 수 없이 재현은 녀석의 지근거리까지 이동해 깨작깨작 공격해 주의를 끌었다.

자꾸 툭툭 건드리니 신경이 곤두섰던 녀석은 결국 타깃을 바꿔 재현에게 달려왔다.

타깃이 바뀌자 재현이 녀석을 유인하기 위해 도망쳤다.

[이때다. 쏴!]

헌터들이 녀석을 향해 사격을 가했다.

투다다다다!

몬스터 헌터 내부에 장착된 기관총이 불을 뿜으며 녀석에게 날아든다.

위력은 강했지만, 장비에 탑승해 쏘는 터라 명중률이 형편이 없었다.

그래도 최대한 맞추기 위해 집중하며 사격을 가했다.

재현은 대지에 전류를 흘려 사철을 모았다.

사철은 곧 그가 이미지를 그려간 대로 점점 형태가 만들어졌다. 뾰족하고 날카로운 촉들이 여러 개 만들어졌다.

"사철의 화살!"

재현이 일제히 날리자 녀석의 몸에 날카로운 사철의 촉들이 박혔다.

가죽을 뚫고 박힌 것은 일부이고, 대부분은 녀석의 가죽을 뚫지 못하고 튕겨져 나갔다.

그나마 박힌 것도 큰 치명상을 줄 정도로 깊숙이 박힌 것도 아니었다.

그래도 충분히 견제용으로는 쓸 만했다.

녀석이 달려오던 중 날아든 화살촉에 본능적으로 눈을 방어했으니까.

덕분에 잠깐의 틈이 보여 재현이 점착 폭탄을 꽉 쥐며 녀석을 향해 날렸다.

정확히 녀석의 어깨에 붙은 점착 폭탄.

녀석이 이를 뒤늦게 깨닫고 떼어 내려고 했지만, 어깨 방어구를 벗지 않는 한 떼어 낼 방법도 없다.

이대로 거리를 벌리고 터트리면 소탕이 끝난다고 하는 그 순간이었다.

"재현아!"

뭔가를 감지한 운다인의 외침과 함께…….

콰앙!

폭발이 그의 몸을 집어삼켰다.

*　　　*　　　*

"미, 미친!"

이를 지켜보고 있던 조환성과 아일린, 사토의 입에서 절로 욕이 튀어나왔다.

재현이 방금 전 있던 곳은 검은 연기가 피어오르고 있었다. 그가 타고 있던 몬스터 헌터가 폭발에 휘말린 것이다.

"야, 이 미친 새끼들아! 동료에게 쏘면 어떻게 해!"

몬스터 헌터에서 불을 뿜어 내던 총알이 재현이 붙였던 점착 폭탄에 맞고 폭발해 버렸다.

폭발 범위에서 벗어나지 못한 재현은 그 폭발에 휘말려 버렸다.

"재현아!"

조환성이 서둘러 그에게 다가가 그의 몸을 흔들었다.

"허억!"

재현은 자리에서 벌떡 일어났다. 그는 숨을 거칠게 내쉬며 몸을 살폈다.

하마터면 죽을 뻔했기에 그는 땀을 뻘뻘 흘리고 있었다.

그가 미처 반응하기도 전에 운다인과 노움, 메타리엔이 일제히 방어 마법을 사용해 폭발의 충격에서 살아남을 수 있었다.

정령들은 자신의 몸을 돌볼 틈도 없이 파편에 맞고 정령계로 역소환되었다.

유일하게 파편에 맞지 않은 것은 노움 하나뿐이었다.

수정체로 만들어진 폭발력이기 때문에 정령들에게도 타격을 주었다.

'애들아, 괜찮아?'

재현은 자신보다 정령들을 먼저 걱정했다.

다들 괜찮지만 좀 쉬겠다는 말을 하고 텔레파시가 끊겼다.

정령이라서 죽는 경우는 없겠지만 그래도 걱정이 되었다.

"재현아, 괜찮냐?"

조환성이 그의 곁으로 다가와 조심스럽게 물었다.

"어깨가 좀 화끈한 것 같아요."

"어디 보자. 옷 좀 벗어 봐라."

조환성은 그가 옷을 벗는 걸 돕고 난 후, 그의 어깨를 살폈다.

시퍼렇게 멍이 든 것을 보니 폭발에 날아든 돌멩이라도 맞은 것 같았다.

목숨이 위태로울 수 있는 상황이었는데 그 정도로 끝나서 정말 다행이었다.

"찰과상이다. 날아든 뭔가에 맞은 것뿐이야. 포션을 마시면 금방 가라앉을 거다."

"휴우."

죽을 뻔한 것에 비하면 이 정도는 아무것도 아니다. 재현은 운이 아주 좋은 편이었다.

정령들이 자신의 목숨을 구해 준 것이나 다름이 없었다. 나중에 소환했을 때 고맙다고 말하기로 하고 주섬주섬 옷을 다시 입었다.

조환성은 자리에서 벌떡 일어나더니 근방에 온 맥스를 노려보았다.

"맥스 이 멍청한 새끼야! 네가 총 쏘라고 해서 하마터면 재현이 죽을 뻔했어!"

"지휘를 잘못할 수도 있는 거지. 너무 그러지 말라고. 쿨하게 넘어가자고."

"쿨하게 넘어가자고? 미친 새끼. 네가 이 상황이 되어 봐! 이게 그냥 넘어갈 수 있는 상황이라고 생각하는 거냐? 하마터면 사람이 죽을 뻔했는데?!"

재현은 그를 막았다.

"형. 참으세요. 일부러 한 것도 아닌데요."

"아니, 이 새끼는 분명 일부러 한 거야. 조금만 잘못해도 네가 맞을 상황인데 총 쏘라고 했잖아!"

대신 화를 내 주는 건 고마운 일이었지만 그래도 여기서 더 분란을 일으키고 싶지 않았다.

"전 괜찮아요. 좀 쉬고 싶어요."

그가 그리 말하자 조환성이 더 이상 뭐라고 하지 못하고 화를 삭여야 했다.

쉽게 화가 가라앉지 않는지 그가 신경질적으로 헬멧을 집어던지며 입에 담배를 물고 뻑뻑 피워 댔다.

아일린은 사토에게 조환성의 곁에 있으라고 말한 후, 맥스에게 다가왔다.

"재현이 괜찮다고 말해도 사과를 할 건 해야지. 안 그래?"

"그래, 맞는 말이야. 내 불찰이지."

맥스는 어깨를 으쓱이며 자기 잘못임을 순순히 인정하고 사과했다.

"미안하다. 일부러 그런 건 아니야."

"괜찮습니다. 그럴 수도 있는 거죠."

"이래서 쿨가이는 좋다니까."

사과를 받아 주자 하하 웃으며 잠깐 앉아 있으라고 말했다.

맥스는 혹시 다른 곳이 다쳤을지도 모르니까 앰뷸런스도 부르라고 다른 헌터에게 말한 뒤, 무전으로 상부에 방금 전 상황을 보고했다.

가만히 그를 지켜보던 재현은 노움에게 텔레파시를 보냈다.

'노움, 어떻게 생각해?'

[그가 일부러 벌인 일이라는 건 모르겠지만, 속이 사악한 사람인 건 확실해요. 가까이 두고 지내기에 위험하다는 생각이 들어요.]

자신도 같은 생각이라며 긍정하며 재현은 아무렇지도 않은 척 하늘을 바라보았다.

＊　　　＊　　　＊

병원으로 급히 이송된 재현은 여러 가지 검사를 받았다.

다행히 어깨에 찰과상을 입은 것 외에 따로 문제는 없다고 판정받았다.

그래도 나중에 후유증이 나타날 수 있으니 불편하면 다시 오라는 말을 받고 다시 숙소로 돌아왔다.

이 날 3조는 사냥을 꽤 일찍 마쳤음에도 다른 조들보다 많이 사냥했다.

거의 휴식을 취하지 않은 채 사냥을 한 데다가 재현의 능수능란한 대처가 큰 도움이 되었던 것이다.것과 거의 휴식도 없이 한 것이 큰 도움이 됐다.

그리고 오늘 있었던 사고에 대해 조환성이 항의하자 내일은 휴식을 부여하겠다는 말로 넘어가게 되었다.

"하여튼 상부나 그놈이나 하나같이 마음에 안 들어!"

조환성이 이를 바득바득 갈며 자리에 털썩 앉았다.

재현의 방에 다시 모인 기존의 3조 멤버들. 조환성은 깊은 한숨을 내쉬었다.

"또 무슨 일 하셨어요?"

"오늘 일을 정식으로 상부에 보고했더니 지휘의 실수는 언제든 일어난다고 말하더라. 경고하겠다고 하고 따로 처벌하겠다는 말은 없었어. 휴식도 마찬가지고."

좋은 성과는 없었지만 다 지휘관의 재량에 따라 일어나는 일이다. 큰일이 났으면 분명 처벌할 만한 일이지만, 딱히 일이 벌어지지 않았으니 그냥 쉬쉬하며 넘어가 버린 것이다.

"이게 엿 같은 게, 그 녀석들과 조를 바꿔 달라고 하니까 기다려 달래. 분명 말만 그렇게 하고 바꿔 줄 생각은 눈곱만큼도 없겠지!"

쉬쉬 넘어갈 거란 것은 이미 예상한 바이기도 했지만 너무 예상대로 되는 것도 화나는 일이기도 했다.

"증거가 없어서 그렇지 이 정도면 살인미수야, 살인미수."

막 불만을 토해 내는 조환성이지만 괜히 자기만 화를 내고 있는 실정이다. 아일린이 총기를 분해해 닦아 내며 지그시 바라보았다.

조환성은 자신의 사람을 잘 챙겨 주는 사람이지만 너무 집착하는 것도 문제였다.

좋게 말하면 의리가 있다고 할 수 있지만 나쁘게 말하면 오지랖이 넓다고도 볼 수 있다.

물론 상대가 다른 사람도 아닌 맥스인 것과 사안이 사안인 만큼 이렇게 열 낸 것도 크게 한몫했지만.

"재현이에게 문제가 생겼다면 그냥 넘어가진 않았겠지만 일단 무사하니 이 정도로 끝낸 걸 거야."

재현은 어깨를 으쓱했다.

"소 잃고 외양간 고칠 일은 어느 나라나 다 있나 보네요."

"그건 무슨 말이야?"

"한국 속담이에요. 평소에 대비하지 않다가 실패한 뒤에야 깨달아 대비한다는 말인데, 일을 그르친 뒤에는 뉘우쳐도 소용없다고 비꼬는 뜻이죠."

그런 속담도 있었구나, 새로운 걸 알았다는 시시콜콜한 생각을 하며 아일린이 아직도 화가 진정되지 않은 조환성을 달랬다.

"조금만 더 기다려 보자고, 아저씨. 다른 조들도 갑자기 인원 편성이 늘어서 여러 가지로 골머리를 앓고 있다고 하는데."

"그게 정상인 거야. 호흡을 맞춰야 하는데 호흡도 잘 안 맞으면 당연히 다들 그렇겠지."

분명 아무런 조치도 취하지 않을 거라며 콧방귀를 뀌는 조환성.

일루전 컴퍼니에 대한 자부심은 대단하지만 이런 것에는 대우가 부족한 것 같다며 불만을 토로하는 그였다.

*　　　　*　　　　*

던전을 다시 열기 이틀 전, 결국 한바탕 난리가 났다.

조 인원이 갑자기 늘어난 것에 대해 그동안 정식으로

항의하지 않았지만 다들 마음속으로는 불만이 상당했기 때문이다.

호흡을 맞추긴 해야겠는데 아무래도 열흘 만에 맞추기는 쉽지 않은 것이 현실이다.

던전 내부는 초원보다 지형이 더 좁기 때문에 몬스터 헌터를 끌고 갈 수 없어 초원에서 호흡을 맞춰도 소용이 없다.

몬스터 헌터로 사냥하는 것과 사냥하지 않는 것의 차이는 명확하기 때문이다.

결국 처음 만났을 때는 반가워했던 조도 여러 가지 문제점이 나타나자 조를 다섯 개의 조가 아니라 열 개 조로 나누기를 건의했다.

이를 강력하게 추진한 것은 당연히 조환성이었다.

그 덕분인지 모르지만, 결국 상부에서는 이를 수용해 원활한 사냥을 위해 조를 열 개 조로 나누기로 했다.

결국 조환성은 빼앗겼던 조의 리더 위치를 다시 찾았고, 맥스와는 따로 행동할 수 있게 되었다.

조환성이 싱글벙글했다.

저번 일은 말끔히 잊었다는 듯 보였지만, 그의 기분이 충분히 이해가 됐다.

맥스가 한 짓이 마음에 들지 않는데 이번 조치로 십

년 묵은 체증이 가라앉은 기분이었다.

그리고 여기서 한 가지 더.

이번에 던전이 열리고 나서 가장 성과를 많이 낸 조에 성과금을 잔뜩 주겠다고 발표하자 난리가 났다.

성적이 미진한 헌터들이라고 돈을 안 주겠다는 건 아니지만 우수한 성과를 낸 조원에게 더 주겠다는 말이었다.

이번에 던전을 발견한 헌터들의 사기를 고취시키기 위한 조치였다.

덕분에 각 조마다 미묘한 경쟁 구도가 만들어졌다. 특히 사이가 좋지 않은 맥스와 조환성은 그것이 더욱 심했다.

"꼴좋다. 맥스 자식. 우리가 잡은 사냥감으로 자기들 마음대로 이익을 배분하더니 결국 이렇게 되었구만."

이 정도만 해도 그 녀석에게 빅 엿을 먹였다며 만족해하는 조환성이다.

그놈들이 실력이 있다는 건 이미 다 아는 사실인데, 사냥도 건성건성으로 하는 게 마음에 들지 않았다.

"던전에서 사용할 물품들은 진즉에 다 준비했고, 이제 던전이 열리기만 하면 된다. 그 녀석이 은근히 우릴 무시하고 있는데, 이번 기회에 아예 그 녀석의 코를 납작하게 찍어 눌러 주자고."

다들 동의하듯 고개를 끄덕였다.

Chapter 04
던전 레이드

던전이 열리는 날.

재현은 아침 일찍 일어나 윤정과 통화를 하고 있었다.

한국과 남아프리카 공화국의 시차는 일곱 시간.

한국은 열두시가 되기 직전일 것이다.

[한 달 더 있겠다고?]

"응. 이번에 일루전 컴퍼니에서 던전을 발견했거든. 던전을 탐사하고, 이 기회에 내 기량도 확인할 수 있는 좋은 기회라고 생각해서 말야."

이번에 자신의 뜻대로 자연의 힘을 조종할 수 있게 되어 재현은 원정 기간을 연장한 상태였다.

이를 알리기 위해 가족들에게 먼저 연락하고, 윤정에게
알리고 있는 상황이었다.

　　[거긴 지낼 만해?]

　　"응. 생각보다 괜찮은데?"

　　[치안은?]

　　"뒷골목으로 가지만 않으면 괜찮아. 애초에 나한테 덤
벼 봤자 제대로 당하고 돌아가겠지만."

　　갱스터들의 표적이 된 적은 없지만 된다 해도 재현은
쉽게 물리칠 자신이 있었다.

　　헌터라는 것만 알려도 그냥 물러갈 것이다.

　　[알았어. 조심하고.]

　　"그래. 나중에 또 연락할게."

　　[응. 사랑해, 오빠.]

　　"나도 사랑해."

　　재현은 콧노래를 부르며 통화를 끊었다.

　　옆에서 이를 듣고 있던 조환성이 온몸을 껴안으며 팔뚝
을 박박 긁어 댔다.

　　"어우, 닭살. 아주 깨가 쏟아지는구만."

　　"뭐, 어때요."

　　"그래, 한창 좋을 때지. 이해는 한다만 되도록 안 들리
게 해 줘."

아일린은 아무런 표정을 짓고 있지 않지만 시선을 애써 피한 걸 보면 조환성과 같은 생각인 것 같았다.

사토는 어색하게 웃을 뿐이다.

"곧 열리겠군."

던전이 다시 개방되는 시간은 오전 10시.

이제 10시까지 딱 1분밖에 남지 않았다.

다른 헌터들도 스트레칭을 하며 몸을 풀고 준비한다. 다들 의욕이 과할 정도로 넘쳐흘렀다.

"자, 그럼 이제 던전 열립니다!"

개방과 동시에, 헌터들이 던전 안으로 경쟁하듯 들어가기 시작했다.

딱히 먼저 들어갈 필요는 없는데도 말이다.

맥스를 바라보니 그는 흘깃 시선을 향하더니 던전 안으로 들어가 버렸다.

조환성은 그들을 보며 피식 웃었다.

"아주 배가 아프겠구만. 우릴 어떻게 하고 싶은데 조가 나뉘어 버려서 방법이 없을 테니."

아일린도 피식 웃으며 한 손에 들고 있던 방패를 번쩍 들어 올렸다.

"아저씨. 우리 저 녀석들 사냥 방해할까?"

"아니. 굳이 그런 짓 하지 않아도 돼. 그냥 우린 늘 하

던 대로 해서 녀석을 눌러 버리자고. 그들에게 실력 차가
뭔지 확실히 알려 줄 필요도 있으니까."

그들이 이렇게 자신만만한 것은 사냥 실력에서 절대 밀
리지 않는다는 자신감도 있었지만, 재현이 있었기 때문이
다.

조환성은 기분 좋게 휘파람까지 불며 여유롭게 던전 안
으로 들어갔다.

＊　　　＊　　　＊

던전을 폐쇄하는 동안 남아프리카 공화국의 마스터 헌
터가 와서 탐사해 본 결과 다양한 몬스터들이 서식한다는
걸 알 수 있었다.

그 덕분에 가는 길목마다 표지판이 붙어 있는데, 무슨
몬스터들이 있는지까지 상세히 적혀 있었다.

"아저씨, 어디로 갈래?"

"가고일이 좀 셀 거 같긴 한데 위험하니까 넘어가자."

"어차피 출입 금지지만."

탐사했던 곳은 가고일과 자이언트 모스키토가 있는 곳
으로, 라이트 스톤 때문에 출입 금지가 붙어 버렸다.

결국 다른 길을 찾아봐야 하는데 리자드맨, 볼텍, 괴물

거북이, 슬라임 등이 있었다.

다 직접 본 몬스터가 아니라서 어디를 선택할지는 조환성과 아일린에게 맡겼다.

"최대한 성과를 많이 얻을 수 있는 몬스터를 잡아야지."

몬스터 종류와 얼마나 잡았는지에 따라 얻을 수 있는 포인트가 달랐다.

그리고 그 포인트를 가지고 성과를 종합해 성과금을 준다는 것이다.

당연히 같은 등급의 몬스터라도 쌓이는 포인트가 다르다. 사냥하기 어려운 몬스터가 포인트가 높았다.

"슬라임은 어때?"

"포인트는 적지만, 개체 수는 엄청 많을 테니까 금방 쌓을 수 있겠지만…… 별로 데미지를 주지 못할 것 같은데?"

슬라임은 정령과 비슷하게 물리 공격은 소용이 없지만 마법 공격에 매우 취약하다.

대괴수용 무기를 쓰면 잡을 수 있긴 하지만 큰 데미지는 기대할 수 없었다.

"재현이 있잖아."

"재현에게만 맡기는 건 좀 그렇지 않나?"

살짝 눈치를 살폈다. 전투 대부분은 재현이 맡기는 했지만 이번에는 그가 전부라고 해도 무방할 정도로 사냥을 해야 했다.

"저는 상관없어요."

"정말 괜찮겠어?"

"포인트가 적다는 건 사냥이 쉽다는 얘기죠? 전방위 공격에 특화된 제 능력을 살릴 수 있는 좋은 기회죠."

자신의 능력으로 쉽게 성과를 낼 수 있다면 좋은 것 아니겠는가.

일단 가볍게 몸을 풀고 개체 수가 줄어들면 다른 몬스터를 잡으러 가도 무관했다.

B급 던전은 게임처럼 몬스터들이 계속 리젠되기 때문에 전멸시켜도 관계가 없었다.

하루만 지나면 언제 그랬냐는 듯 던전의 몬스터들이 금방 다시 채워진다.

세계 어딘가에 무작위로 몬스터가 나타날 일도 없었다.

슬라임을 잡는 길에는 지하 2층으로 가는 길도 있다고 안내가 되어 있으니 거기로 가서 따로 사냥해도 괜찮을 것 같다는 생각을 했다.

"그래. 너만 믿겠다."

"맡겨 주세요."

자신의 가슴을 치며 자신감을 드러내는 모습에 다들 빙그레 웃었다.

＊　　　＊　　　＊

　슬라임이 있는 곳으로 깊게 들어갈수록 눅눅한 공기와 습기가 그들을 반겼다.

　습기 때문에 순식간에 불쾌지수가 오른 그들은 불쾌하다는 것이 얼굴에 그대로 드러났다.

　비가 온 날처럼 습기가 가득해 옷을 벗고 싶다는 생각이 들 정도였다.

　그렇게 한참을 들어가니 거대한 공간이 나타났다.

　어두워서 잘 보이지 않아 랜턴의 빛을 가장 강하게 조절하자 홀 한가운데에서 무엇인가가 꾸물꾸물거리는 것이 보였다.

　슬라임이었다.

　슬라임을 마주하고 재현은 저게 몬스터가 맞나 싶은 생각이 들었다.

　꾸물꾸물 움직이는 게 징그럽다고 느껴질 수 있지만, 몬스터답지 않은 모습에 오히려 귀엽게 느껴졌다.

　자신이 본 몬스터 중 귀엽기로는 으뜸이다.

오죽했으면 수습 헌터 때나 사냥한 강철 다람쥐나 배틀 레빗이 오히려 흉포하게 느껴질 정도다.

재현은 레이저를 쏴 녀석의 정보를 확인했다.

이름: 슬라임

종류: 슬라임과

등급: C-

ㅡ아직도 미스터리로 알려진 액체로 이루어진 생명체이다. 풍선처럼 얇은 막으로 둘러싸여 산성 액체를 보유하고 있다. 물리 공격은 거의 대부분을 흡수한다. 초능력에는 매우 취약한 몬스터이다. 녀석이 발사하는 액체는 약한 산성을 띠고 있어 장비를 부식시킬 수 있다. 자폭을 할 때는 순간적으로 강한 산성을 띠기 때문에 인체가 녹아내릴 수 있으니 자폭 공격에는 조심해야 한다. (Tip. 거의 모든 속성 공격에 취약하다.)

슬라임을 단 한 마디로 표현하자면 수정체가 들어 있는 초록색 물풍선이었다.

녀석들의 내부가 훤히 보여 수정체가 빛나고 있는 것을 볼 수 있었다.

얇은 막이 초록색인지, 얇은 막 안쪽의 액체 자체가 초록색인지는 잘 모르지만 그의 감상은 그러했다.

그래도 자폭할 때는 색이 변하고 부피가 점점 커진다고 하니 그것만 조심하면 될 것이다.

그 외에는 별로 크게 위협적으로 느껴지지 않았다.

거리를 유지한 채 공격하면 쉽게 녀석들을 요격할 수 있을 것이다.

"썬더러, 라이트닝."

일단 가볍게 공격해 보기로 했다.

녀석들에게 얼마나 데미지를 줄 수 있는지 확인하는 것이다.

한 줄기의 빛이 빠르게 한 녀석에게 쏘아지자, 녀석의 몸이 파르르 떨렸다.

"효과가 굉장한 모양인데?"

잽을 날린 정도인데, 반응은 전력으로 어퍼컷을 맞은 것 같은 모양새다.

한 녀석이 공격을 받자 그제야 침입자가 왔다는 걸 녀석들도 눈치챘다. 그리고 데굴데굴 굴러오기 시작했다.

팔다리가 없어서 이동할 수 있는 방법이 굴러오는 것밖에 없는 것이다. 그 모습을 보자 자신도 모르게 웃음이 나왔다.

재현은 그다지 어렵지 않겠다고 생각했다.

바닥이 어느 정도 젖어 있었지만 이 정도로는 부족하다 느끼고 운다인에게 수분을 모아 바닥을 적시라고 했다.

습기로 가득한 공간이라서 수분이 모이는 건 금방이었다. 운다인이 바닥을 적시기 무섭게 소리쳤다.

"썬더러, 라이트닝 볼!"

고압의 전류가 녀석들의 한가운데에서 터져 나왔다.

물로 흥건해진 바닥은 금방 전류가 흐르기 시작했다.

다행이라면 다들 전류가 통하지 않는 신발을 신고 있었기 때문에 감전되는 일은 없었다.

재현만 해도 아직도 전투화를 신고 있었다.

펑! 펑!

녀석들이 풍선처럼 펑펑 터져 나갔다.

고작 라이트닝 볼만 사용했을 뿐인데 효과는 어마어마했다.

괜히 속성 공격에 취약한 것이 아니었다.

마치 D급 이하의 몬스터를 잡는 것 같은 기분이었다.

그 한 번의 공격으로 열 마리 이상의 슬라임들이 터졌다.

아직 스무 마리 이상이 남아 있긴 했지만 이번 공격으로 녀석들이 손쉬운 먹잇감임을 파악했다.

그는 더욱 적극적으로 공격했다.

약한 공격에도 족족 터져 나가니 전투를 시작한 지 3분이 채 되지 않아 서른 마리에 가까운 슬라임을 사냥할 수 있었다.

소모되는 정령력도 그리 많지 않아 벌써부터 포인트가 쌓였다.

이번 한 번의 전투로 15점의 포인트를 획득했다.

리자드맨의 경우 한 마리당 20점이긴 하지만, 전투시간을 계산해 보면 슬라임을 사냥하는 것이 훨씬 이득이었다.

컵라면이 다 익기도 전에 끝났으니 이건 거의 공짜로 포인트를 쌓는 것이나 다름이 없었다.

한 무리에 적어도 스무 마리는 뭉쳐 다니는 녀석들이다.

C급 몬스터답지 않게 약한 몬스터이기도 했지만, 녀석이 C급으로 분류된 이유는 따로 있다.

물리 공격을 거의 대부분 흡수한다는 것이다.

초능력자가 아닌 이상 어떻게 쓰러뜨리기 어렵기 때문에 높게 측정된 것이다.

게다가 자폭 공격도 크게 한몫을 했다.

사람을 완전히 녹일 수 있을 정도로 꽤 위력적이기 때문에 그걸 높게 봐준 것이다.

그래도 한 개체는 약하다는 것은 변함이 없기 때문에 포인트가 0.5점밖에 되지 않는다.

민간 헌터들이라면 잡기 어려우니 포인트가 높게 책정되어야 하지만 그러다간 무조건 3조가 우승하게 되어 있었다.

이곳은 원정을 온 유일한 능력자인 재현 때문이다.

마법에 매우 취약한 녀석들이라 그들이 분명 이곳을 선택하리라고 상부에서도 생각했기 때문에 0.5점이라는 낮은 점수로 책정했을 것이다.

더 높았다간 공짜나 다름이 없으니 다른 조에서 항의를 할 것이 불 보듯 뻔한 일이다.

그렇다 해도 거의 공짜로 포인트를 쌓고 있다는 건 변함이 없지만 말이다.

당연한 얘기지만, 그 덕분에 다른 헌터들은 안 그래도 잡기 힘든 슬라임인데 점수도 낮으니 근처에 가지도 않았다.

"좋아. 이곳에서 계속 사냥을 해 보자고. 혹시 모르니 대괴수용 탄도 장전하고."

다들 크게 기합을 내지르며 사냥 의지를 다졌다.

*　　　*　　　*

사냥이 이토록 쉽게 느껴지는 것은 오랜만이라고 재현은 생각하고 있었다.

공격만 하면 족족 펑펑 터지니 당연한 결과라 볼 수 있었다. 녀석들이 남기는 부산물은 단 두 개.

수정체와 녀석의 피부라고 할 수 있는 얇은 막이다.

처음에는 이것으로 어떻게 그 많은 액체를 보관하나 의심했지만, 잡아당겨 보고서야 그 이유를 알 수 있었다.

탄성력이 좋은지 잘 늘어나는 건 기본이고, 5미터 이상 잡아당겨도 끊어지지 않았다.

다시 놓으니 늘어나지도 않고 원래대로 돌아갔다. 복원력도 상당했다.

일단 고무와 비슷한 것 같은데, 감촉은 고무와 달랐다.

그가 신기한 듯 바라보자 그의 생각을 읽기라도 했는지 아일린이 그에게 다가왔다.

"슬라이뮤버라는 거다."

"슬라이…… 뭐라고요?"

"슬라이뮤버. 슬라임(Slime)과 고무(Rubber)를 합친 단어지. 워낙 탄성력이 좋아 여러 가지로 사용되고 있다고 들었다."

"뭐에 주로 사용되는 데요?"

"대표적으로 밤에 남녀가 할 때 남자가 끼는 그거. 여자 친구가 있다면 너도 사용해 봤을 거 아냐?"

재현이 뜨악한 표정을 지었다.

여자 친구도 아닌 여성이 그렇게 말하니 당연히 놀랄 수밖에 없었다.

음담패설이야 조환성과 나누는 모습을 여러 번 봤지만 자신에게 하는 경우는 이번이 처음이었다.

당연한 얘기지만 아일린은 음담패설이나 하자고 그런 말을 한 것이 아니었다.

"아, 미안하군. 한국인들은 이런 대화는 많이 부끄러운 얘기였지?"

아무렇지 않게 얘기하는 아일린과 차이라면 차이다.

브라질은 어떤지 모르겠는데, 아일린의 말을 들어보면 성문화가 좀 자유로운 분위기인 것 같다.

유럽도 자식들에게 피임을 잘하는지 어떤지 묻는 곳도 있다고 하니 이해하기로 했다.

그저 문화의 차이일 뿐이니까.

"그것 외에도 가게 앞에 가면 춤추는 그거 있잖아."

많이 보긴 했는데 생각해 보니 뭔지 잘 모르겠다는 듯 아일린이 고민한다.

여러 가게에서 아르바이트를 했던 경험이 있는 재현은 다행히 그녀가 말하는 것이 뭔지 알아들을 수 있었다.

"스카이댄스요?"

"아, 맞다. 그래, 그거. 그거에도 사용되고 있다고 들었다."

그건 처음 안 재현이다.

솔직히 뭔지는 안다고 해도 재질이 뭔지 제대로 아는 사람은 드물었다.

그건 재현도 마찬가지였다.

뭐 일상에서도 알게 모르게 몬스터들에게서 채취한 것을 많이 사용하니 딱히 신기할 것도 없었다.

사토가 수정체와 슬라이뮤버를 가방에 차곡차곡 쌓기 시작했다.

슬라이뮤버나 수정체의 질로 봐서 돈이 많이 될 것 같지 않지만, 질보다 양이 되니 꽤 괜찮은 수익을 올린 것 같았다.

"그나저나 벌써 다 잡은 거 같은데?"

주위를 훑어보고 좀 돌아다니니 슬라임이 전혀 보이지 않았다.

거의 한 시간 동안 사냥을 했는데 쌓은 포인트가 벌써 350포인트가 넘었다.

다른 조들은 얼마나 포인트를 쌓았을지 감이 오지 않는다. 다만 확실한 건 재현이 생각해도 엄청 쌓은 것 같다는 것이다.

"여기 2층으로 내려가는 구간도 있는데. 내려갈까?"

2층으로 가는 표지판과 함께 녹스임이라는 몬스터가 서식하는 곳이라고 한다.

녹스임, 이름만 들어서는 어떤 몬스터인지 도저히 감을 잡지 못하겠다.

"녹스임이라. 괜찮겠군. 그래, 일단 가 보자. 아직 사냥할 시간도 많이 남았고 말야. 너희들은 어때?"

녹스임이 무슨 몬스터인지 아는 것 같은 조환성.

다들 동의한다는 듯 고개를 끄덕이자, 재현도 승낙했다.

그들은 지하로 더 내려갔다.

*   *   *

지하 2층으로 내려오자, 위층과 다른 공기를 맛볼 수 있었다.

눅눅하고 습기가 가득했던 1층과 다르게 이곳은 악취로 진동하고 있었다.

다들 그 악취에 헛구역질을 하며 손수건이나 수건으로 입과 코를 막았다.

그들처럼 입과 코를 막았지만, 감각이 이들보다 예민한 재현이다.

손수건과 수건으로 냄새를 차단해도 완전히 막지 못해 죽을 맛이었다.

위에서 올라오는 기분을 맛보고 결국 이 냄새에 익숙해져야 한다는 걸 느낀 그는 코를 막기보다 흡입을 했다.

다행히 코는 악취에 금방 익숙해져 둔해졌다.

"이곳에서는 굳이 랜턴을 사용하지 않아도 되겠군."

천장을 바라보니 라이트 스톤이 옹기종기 박혀 있어 주위를 환하게 비추고 있었다. 여기도 라이트 스톤이 있다니.

천장까지의 거리가 꽤 되어 뽑을 방법이 없어 보였다.

중장비를 가져올 수 있을 만큼 통로가 넓은 것도 아니고, 지하 2층이라 이곳은 그냥 이대로 놔두기로 한 모양이다.

그들이 계단 아래로 다시 내려오자 멀리 떨어지지 않은 곳에 거대한 뭔가가 있는 것을 볼 수 있었다.

자신의 허벅지 두 개를 합친 덩치에, 길이도 꽤 되어 보이는 뱀을 보고 재현이 징그럽다는 표정을 지었다.

똬리를 틀고 있는 녹스임.

재현은 일단 레이저를 쏴 녀석의 정보도 확인한다.

이름: 녹스임

종류: 뱀과

등급: C

  － 맹독을 가지고 있는 거대 뱀이다. 슬라임을 주식으로 삼으며 강력한 독은 사냥 재료로 널리 쓰이기도 한다. 자신이 죽을 것이라 느끼면 체내에 있던 독주머니를 팽창시켜 자폭한다. 슬라임을 주식으로 삼으면서 축적해 둔 산성액을 지니고 있어 약간의 산성을 띠기도 한다. 피부에 닿는 것만으로 치명적이며, 2차로 맹독이 상처를 통해 스며들어 갈 경우 신속히 병원으로 후송해야 한다.

재현은 녀석의 정보를 확인하고 기가 막힌 표정이다.

"이곳은 어떻게 된 게 자폭하는 녀석들로 가득하네요?"

슬라임도 자폭하고, 녹스임도 자폭하고. 게다가 녹스임은 슬라임보다 훨씬 위험한 녀석이었다.

"위험한 녀석 같은데 괜찮을까요?"

사토가 조금 불안한 얼굴로 녹스임을 바라보고 있었다.

이름만 들어서는 쉽게 뱀을 연상시키기가 어려웠다.

아니, 자폭을 하는 것 빼고 덩치만 봐서는 뱀이라기보다 이무기에 가까워 보였다.

일단 맹독을 가지고 있는 것만으로도 큰 위협이다.

아일린은 방패에서 산탄총을 꺼내더니 자신의 어깨를 툭툭 치며 시큰둥하게 대답했다.

"저 녀석이 가진 독, 꽤 비싸게 쳐 준다. 최대한 독주머니를 온전하게 가져가야 돼."

"아아."

굳이 위험을 무릅쓴 이유가 돈 때문이라고 하면 재현도 딱히 할 말이 없다.

하지만 이들이 목숨을 담보로 돈에 매달리는 사람들은 절대 아니었다.

"사토, 로프 가지고 왔지?"

"예. 그런데요?"

"꺼내 봐."

사토는 고개를 갸웃거리면서도 가방 앞쪽에 있던 로프를 꺼냈다.

주로 낭떠러지 같은 곳에 매달렸을 때 만일을 위해 들고 다니는 것이다.

아일린은 로프를 건네받으며 이상이 없는지 확인했다.

끊어질 위험은 없어 보이자 그녀가 로프를 풀었다.

"아일린 누나, 로프는 어디에 쓰게요?"

"다 쓸 곳이 있으니까 꺼내란 거겠지. 일단 보고 있어 봐. 사토 너도 나중에 유용하게 쓸 수 있을 거야."

그러더니 자신의 몸에 밧줄을 단단히 매는 아일린. 이를 본 조환성이 물었다.

"그 방법을 쓰는 거야?"

조환성은 그녀가 뭘 하려는 지 알고 있다는 것 같았다. 아일린은 튼튼하게 자신의 몸에 밧줄을 조이고 대답했다.

"왜, 아저씨가 알려 준 방법이잖아."

"효과적인 방법이지만 까딱 잘못하면 녀석에게 바로 먹잇감으로 될 수 있으니까 그렇지. 재현이 있는데 굳이 그렇게까지 할 필요가 있나?"

"재현만 너무 사냥하니까 그렇지. 일단 재현은 좀 쉬어. 이번에는 내가 사냥할 테니까."

"그러도록 하죠."

뭘 하려는 건지 궁금하기도 하고. 위험하면 구해 주면 되니까 별문제가 되지 않는다.

재현은 운다인에게 부탁해 일단 그녀에게 버프를 걸어 주었다.

몸에 활기가 돌자 그녀가 만족스럽다는 듯 웃었다.

"이거 중독되겠는데?"

"누가 들으면 약 거하게 하는 줄 알겠네."

조환성이 비꼬듯 말했지만, 아일린은 가볍게 무시할 뿐

이었다.

"이거 좀 맡아 줘, 아저씨."

아일린이 그에게 맡긴 것은 자신의 방패였다.

그녀는 산탄총 하나만 들고 나머지 무기를 다 맡긴 것이다. 최대한 무게를 줄이려는 행동으로 보였다.

"네가 죽으면 내가 가지면 되지?"

"그러시든가. 내가 죽었을 때의 얘기지만."

"그럼 네가 살아 돌아온다에 내 전 재산을 걸지."

"죽으면 걸었던 것도 무효가 되고 말이지?"

자신의 목숨을 가지고 농담을 하니 뭘 하려는 건지 더더욱 감이 안 잡힌다.

진짜 위험한 게 맞나 싶다.

그녀는 로프를 한 손에 잡히게 둘둘 말더니 살금살금 녀석에게 다가갔다.

기척을 최대한 줄이고 조심스럽게 이동하는 그녀. 그러더니 녀석의 몸에 올라타기 시작했다.

보는 사람 애간장 태우도록 위험한 행동에 사토가 어버버거리고 있었다.

"위험하지 않아요?"

"위험하지."

조환성이 즉답하자 위험하다는 말이 거짓말처럼 느껴

진다.

사토는 안절부절못하고 있는데, 조환성은 아예 팔짱을 끼며 구경 중이었다.

"근데 왜 안 말리세요?"

"자기가 하겠다는데 말리긴 뭘 말려. 여차하면 도와야지."

조환성이 아일린이 맡긴 방패에서 K-87을 꺼냈다.

구입한 지 좀 됐는데도 방금 산 것처럼 반질반질한 것이 관리를 잘했구나란 생각이 들었다.

그는 방패의 탄창 보관함에서 K-87 전용 탄창을 꺼냈다.

대괴수용 탄으로 탄창을 가득 채웠다.

역시 아일린답다는 생각을 했다.

언제 어디서 쓸지 모르니 항상 만반의 준비를 하는 그녀다.

그는 만일의 상황에 대비해 아일린을 돕기 위해 녹스임의 정수리를 조준한다.

녹스임의 수정체가 있는 곳이다.

여차하면 수정체를 파괴시켜 그녀를 구할 생각인 것이다.

재현도 물론 아일린을 언제든 도울 준비를 했다.

아일린이 산악 등반을 하듯 조심스럽게 녀석의 몸 위로 이동했다.

어느새 녀석의 머리까지 도달한 그녀가 조심스럽게 로프를 녀석의 입과 몸 경계에 묶기 시작했다. 그러고는 녀석의 등에 누워 버린다.

참으로 대담한 행동에 깡이 좋다고 해야 할까.

사토가 여전히 불안한 듯 그녀를 바라보았다가 녀석에게서 반응이 왔다.

"헉! 들킨 건가요?"

"목을 조르니 당연히 들킬 수밖에."

녹스임이 온몸을 움직였다.

잘 자고 있다가 갑자기 숨이 턱 막히니 당연한 반응이다.

성난 황소처럼 움직이는 녀석. 하지만 아일린은 녀석에게서 떨어질 생각도 하지 않았다.

괜히 자신의 몸에 로프를 묶은 것이 아니었다.

떨어지지 않고 녀석의 숨통을 막기 위해 일부러 그런 것이다.

"이야, 저런 방법이 있었군요."

재현이 감탄하며 이를 바라보았다.

총알도 쓰지 않고 숨통을 막음으로써 사냥하는 것이다.

"위험한 방법이지만 효과적인 방법이지."

녀석이 거세게 움직이면 움직일수록 로프는 더욱 녀석의 숨통을 옥죄었다.

로프가 끊기거나 그녀가 떨어지지 않는 이상 녀석에게는 방법이 없는 것이다.

그러다가 재현은 불현듯 녀석의 정보를 확인했던 내용을 기억했다.

"그런데 자폭한다고 하지 않았어요?"

조환성은 조준경에서 눈을 떼지 않으면서 녀석의 움직임을 주시하며 대답했다.

"그건 걱정 마라. 아일린이 로프를 묶은 곳이 녀석의 독주머니를 막은 것도 있으니까. 녀석이 죽음을 감지하고 자폭하려고 해도 팽창시킬 독주머니가 막혔으니 소용이 없지."

확실히 자폭을 했으면 그녀도 이런 짓은 하지 않았을 것이다. 그렇게 시간이 점차 지나자 녀석의 움직임이 멈추었다. 녀석의 입에서 녹색의 액체가 흘러나왔다.

녀석의 등 뒤에 매달려 있던 아일린은 녀석에게서 아무런 움직임이 없자 그제야 자신의 몸에 묶인 로프를 풀었다.

그녀는 헝클어진 머리를 손으로 다듬으며 웃음기를 잔뜩 머금고 있었다.

"그게 재밌냐?"

짐짓 어이없는 표정을 짓는 조환성을 바라보며 아일린이 고개를 갸웃거렸다.

"아저씨도 나한테 시범 보여줬을 때 웃었잖아."

"너한테 알려 준 것도 그때 딱 한 번뿐이고, 그 이후로 그냥 총만 쏴댄 건 기억 안 나냐?"

"그렇긴 한데, 나한테 시범 보여줬을 때 재밌어 했잖아?"

"너 같으면 신입에게 무서워하는 모습 보이고 싶었겠냐?"

"음~ 확실히 웃고는 있는데 인상이 창백해서 좀 의아해했던 기억은 있는 것 같네."

자기들끼리만 아는 얘기를 나누던 그들. 아일린이 그 당시를 떠올리자 피식 웃었다.

단순히 귀찮거나 위험해서 그런 줄 알았더니 다 무서워서 그런 거였다고 하니 그 상황들이 이해가 됐기 때문이다.

"그러고 보니 아저씨는 놀이공원 가서 놀이기구도 안 탔지? 그나마 탄 게 회전목마였나?"

"놀이기구?"

재현과 사토가 의아한 듯 그를 바라보았다.

아내도 있는 사람이 그녀와 놀이공원에 갔다는 것이 조금 의아하고, 오해를 하기 시작했다.

조환성은 그들이 오해를 하고 있는 것을 알고 부가적인
설명을 해 줬다.

"오해하지 마라. 내 와이프랑 같이 간 거니까. 용병생활
로 하도 놀이공원도 모르기에 안타까워서 데리고 갔다."

"아아."

그제야 이해했다는 듯 고개를 끄덕였다.

몬스터를 사냥하는 헌터가 놀이기구를 무서워한다니.

매치가 잘되지 않는 재현과 사토였다.

"그건 그렇고 포인트는 몇이나 쌓였어?"

아일린의 물음에 조환성이 확인해 보았다.

"휘유~ 40점이나 쌓였는걸?"

"우와, 엄청 쌓였네."

아무래도 좀 위험한 몬스터이다 보니 포인트를 좀 많이
주는 것 같았다.

아일린이 기분 좋게 웃으며 녀석의 몸에서 수정체와 독
주머니를 꺼냈다.

워낙 덩치가 커서 다 들고 갈 수 없기 때문에 가져갈
수 있는 것만 꺼낸 것이다.

"아일린 누나. 가죽은 안 가져가요?"

녹스임의 가죽은 꽤 고가로 팔릴 것 같아 사토가 물었
다.

녀석의 덩치가 워낙 커서 다 가져가지 못한다 하더라도 일부만 떼어 가도 꽤 많이 가져갈 수 있을 양이다.

아일린이 사토의 가방에 손수 수정체와 독주머니를 넣으며 말해 주었다.

"녹스임의 가죽은 금방 부패해서 썩은 내가 진동하거든."

"썩은 내요?"

"응. 지금 이곳의 썩은 내도 녹스임이 남긴 허물이 썩거나 죽어서 나는 냄새야. 아무래도 환기가 안 되다 보니 냄새가 오랫동안 남겠지."

어쩐지 이곳의 악취가 왜 이리 심한가 했더니 그런 이유가 있었다는 걸 알게 된 재현과 사토였다.

"자, 그럼 잡담은 여기까지 하고. 더 사냥하기로 하지."

이 기세로 더 사냥해 포인트를 쌓고자 하는 조환성. 다들 고개를 끄덕이며 그때부터 사냥에 열중하기 시작했다.

한참 사냥을 하니 어느덧 지하 2층도 한 마리도 남기지 않고 사냥을 끝낼 수 있었다.

아일린은 자신이 한 방법을 사토에게도 시켰다.

사토는 위험한 일은 극구 사양하고 싶었지만, 배워야 나중에 유용하게 써먹을 수 있다는 조환성과 아일린의 말에 마지못해 해야 했다.

덕분에 사토 혼자서 녹스임을 두 마리나 사냥했다.

사토는 이제 더 이상 이런 위험한 일은 못 하겠다며 한숨을 내쉬며 한 곳에 걸터앉았다.

아일린은 세 마리를 더 사냥하고, 그때부터 만나는 녹스임은 재현이 처리했다.

확실히 위협적인 몬스터이긴 했지만, 그렇다고 어려운 몬스터는 아니었다.

정령화를 하니 사냥이 너무 쉬웠다.

정령화를 하면서 소비되는 정령력이 좀 걱정이 되긴 하지만 휴식을 취하니 금방 다시 회복할 수 있었다.

*   *   *

오늘 하루 사냥으로 다들 들뜬 분위기였다.

꽤 많은 사냥으로 수정체와 몬스터 재료를 팔아 돈을 벌었고, 포인트도 꽤 쌓았다.

숙소에 도착하자 다들 자신의 조가 몇 위인지 확인하기 바빴다. 이는 조환성의 조도 마찬가지였다.

다들 다른 조가 쌓은 포인트를 확인하느라 바빴다. 한두 마리의 차이로 포인트가 순위가 나뉘어져 있었다.

그러나 상위부터는 얘기가 달랐다.

1위부터 4위까지 누적 포인트의 차이가 어마어마했기 때문이다.

4위가 450점, 3위가 710점, 2위가 937점이다.

2위는 맥스의 조가 차지했고, 1위는 당연히 조환성의 조였다.

종합 1,412점으로 2위인 맥스네 조보다 475점이나 앞서 있었다.

이에 다들 역시 조환성네 조는 다르다는 평가를 했다.

안 그래도 꽤 실력 있는 헌터들인 조환성네 조.

거기에 정령사인 재현이 있으니 당연히 1위일 거라 생각했지만 너무 압도적인 것 같았다.

이러니 다들 기운이 쭉 빠지는 것 같았다.

잡은 몬스터와 누가 더 많이 잡았는지도 확인이 가능한데, 당연히 재현이 점수의 대부분을 차지했다.

억울하지만 별수 없는 일이다.

설사 재현이 없었다고 하더라도 조환성네 조라면 분명 다른 방법을 강구해 사냥해 상위권에 있었을 것이다.

재현도 어느 정도 눈치채고 있던 사실이지만, 조환성과 아일린은 원정 경험이 풍부하며 민간 헌터 중에서도 나름 인정을 받는 실력자다.

자기들 나라에서 정식 헌터가 되어 달라고 할 정도라고

하니 말은 다한 셈이다.

물론 일루전 컴퍼니에 있는 게 더 좋다 하여 거절했지만 말이다.

이번 원정에서는 맥스의 조도 있으니 다들 3위만 노리고 있는 분위기였다.

맥스와 조환성의 조는 그들에게 넘을 수 없는 산과도 같았다. 3위만 해도 성과금이 왕창 나온다.

"흥!"

포인트를 확인한 맥스가 콧방귀를 뀌었다. 점수가 꽤 벌어졌는데도 아무렇지 않다는 듯 보였다. 맥스는 점수만 확인하고 다시 시야에서 사라졌다.

"아저씨. 맥스가 또 무슨 꿍꿍이가 있는 거 같은데?"

아일린이 맥스의 표정을 보고 짐짓 뭔가 일을 벌일 것 같은 느낌을 받은 모양이다.

녀석이 무슨 생각을 하고 있는 건지 모르지만 살짝 비웃는 느낌이 없잖아 있긴 했다.

그러나 이렇게 점수가 벌어졌는데 과연 녀석이 무슨 수를 쓴다고 해도 따라잡을 수 있을까 싶었다.

"무시해. 어차피 시간이 지나면 지날수록 점수 차는 더 심해질 테니까."

그때가 되면 결코 이런 표정을 못 지을 거라고 생각했다.

확실히 400점은 시간을 생각했을 때 그리 격차가 많이 나는 것도 아니었다.

단 한 번의 사냥으로 대박을 터트리면 역전이 가능한 숫자였다.

하지만 시간이 지나면 지날수록 점점 점수 차는 커질 테고, 역전이 불가능한 수치가 만들어질 것이라는 게 그의 생각이었다.

Chapter 05
비밀의 문을
찾아라!

이튿날, 던전이 열리고 다시 슬라임이 있는 구간에 온 그들은 역시나 손쉽게 슬라임들을 격파할 수 있었다.

다만 오늘은 어찌 된 것인지 어제보다 훨씬 적은 점수를 얻었다.

"애걔? 고작 100점?"

어제는 1층의 슬라임들을 전부 사냥해서 350점이라는 큰 점수를 얻었는데 오늘은 고작 100점이다.

확실히 슬라임의 개체 수가 적긴 했지만 너무한 것 같은 생각이 들었다.

"혹시 우리가 발견하지 못한 거 아닐까요?"

"다 돌아다녀 봤는데 없다면 다 잡은 거지."

재현이 황당한 표정을 짓자, 조환성이 머리를 긁적였다.

"리젠이 조금 됐을 수도 있고."

"그런 경우도 있어요?"

"던전에서는 다양한 일이 있거든. 리젠이 되더라도 훨씬 많이 될 수도 있고, 적게 될 수도 있지."

그래도 3분의 1 이하로 줄어들었다는 건 좀 아니다 싶었다.

공짜로 점수를 얻을 수 있을 거라 생각했더니 그렇다면 꼭 점수를 많이 얻을 수 있다는 건 아니지 않은가.

"어제가 지나치게 많은 것일 수도 있다. 확실히 슬라임의 수가 많긴 했으니까."

"던전을 폐쇄한 동안 쌓인 것일지도 모르지. 어쨌든 슬라임도 번식을 하니까."

그렇다면 딱히 할 말은 없다. 그래도 아직 2층의 녹스임이 남아 있다.

한 마리에 40점이나 되는 녀석이다.

그 정도면 어제만큼은 아니어도 꽤 많은 포인트를 쌓을 수 있다.

지하 1층은 이쯤에서 포기하기로 하고, 그들은 2층으

로 내려가기로 했다.

이번에는 악취를 조금이라도 막고자 마스크를 전부 사온 상태였다. 마스크를 착용하자 악취가 전혀 나지 않았다.

마스크를 사기 정말 잘했다고 생각하며 그들은 다시 주변을 둘러보았다.

녹스임을 발견하기 무섭게 사냥에 돌입했다.

녹스임을 사냥하고, 수정체와 독주머니를 챙겨 다시 돌아다니기를 반복.

그러나 두 시간이 지나도록 돌아다녔는데 마주친 녹스임은 고작해야 여섯 마리가 전부였다.

이쯤 되니 다들 이상한 낌새를 느꼈다.

"아무리 봐도 이건 이상한데? 이렇게 개체가 극단적으로 적게 리젠될 리는 없을 텐데."

고작해야 쌓은 포인트가 340점. 어제 1,400점을 넘게 쌓은 것에 비하면 너무나도 적은 양이다.

"혹시 3층이 있는 거 아니에요?"

"3층?"

사토가 3층이란 말에 조환성이 고개를 저었다.

"하지만 표지판을 봤을 때 지하 3층은 전혀 없었는데? 들은 바도 없었고."

"사토의 말처럼 그것 말고 다른 이유가 있나?"

"무슨 얘기를 하는 거예요?"

자기들끼리 아는 얘기만 하니 재현이 결국 참다못해 물어보았다.

다들 던전이 있는 나라에서 탐사도 해 보고 조사도 많이 해서 아는 바가 많았지만, 재현은 모르는 것투성이다.

이들이 상식이라고 알고 있는 것이 재현에게는 아무것도 모르는 얘기일 수도 있다. 사토가 이를 대신 말해 주었다.

"다른 층의 몬스터를 일정치 줄이지 않으면 리젠이 되지 않는 현상이 있어요. 그걸 노 리젠 현상이라고 부르죠. 우리는 그걸 말하고 있는 거예요. 모르셨어요? 수습 헌터라면 다 배우는 거라고 들었는데."

"전혀. 수습 헌터 때 던전이라는 단어 자체를 들어 본 적도 없어. 애초에 한국에 던전이 없기 때문에 할 필요성이 없는 것이었을지도 모르지만."

그리 중요하지 않아서 생략했을 가능성이 매우 농후하다.

어차피 헌터로 지내다 보면 자연스럽게 알게 되는 사실이기 때문도 있을 것이다.

"어쨌든 다른 층에서 몬스터가 줄어들지 않으니 몬스

터가 안 나타고 있다는 거지?"

"예. 그럴 가능성이 매우 커요. 하지만……."

딱히 주위를 둘러봐도 지하 3층으로 가는 길은 없었다.

표지판은 야광으로 해 놓아 잘 보이도록 했는데, 여기서는 전혀 보이지 않았다.

그 말은 이곳이 끝이라는 소리였다.

"일단 돌아가도록 하자. 이곳이 이 정도라면 다른 곳도 마찬가지라는 소리니까."

던전 하나로 참 여러 가지 일이 일어난다고 생각하며 결국 그들은 어쩔 수 없이 발길을 다시 돌릴 수밖에 없었다.

*　　　*　　　*

던전에서 나온 것은 조환성의 조만이 아니었다.

다른 조들도 갑자기 급격히 줄어든 몬스터 때문에 점심을 먹기 전, 모두 던전에서 나와야 했다.

갑작스러운 사태에 상부도 당황스러워하며 또 바쁘게 움직였다.

지하 3층으로 가는 곳은 찾지도 못했는데 노 리젠 현상이 일어나니 당연한 반응이다.

일회용 던전이었으면 전부 사냥했다 생각하고 버리면 그만이다. 하지만 그들이 발견한 던전은 B급 던전.

몬스터들이 하루만 지나면 다시 리젠이 되는 곳이다.

이런 현상은 전 세계적으로 유례가 없는 일이다.

이 던전만 특수한 것이라고는 생각이 들지 않는다.

몬스터들이 집단으로 자살하는 것도 아닌 이상 몬스터가 이리 급격히 줄어들 리는 없는 것이다.

확실히 다른 이유가 없었다.

리젠이 되지 않는다면 다른 층의 몬스터를 잡지 않아 이리되었다는 것이다.

결국 상부에서는 던전에 비밀의 문이 있을 것으로 결론을 지었다.

결국 다시 사냥을 멈추고 던전을 탐사할 것을 하달했다.

그간 사냥을 해도 포인트는 쌓을 수 없다고 하자 헌터들의 불만은 이루 말할 수 없었다.

"아니, 우리가 삥이 치려고 원정 온 것도 아니고, 왜 이런 일이 생기냐."

조환성이 삥이라는 단어를 쓰면서 불만을 토로했다.

스무 명씩 길을 나눠 비밀의 문이 있는지 조사해 보기로 한 것이다. 사냥도 못 하고, 던전 탐사라니. 참 별일다 있다 싶었다.

"이번 원정은 실패야, 실패. 어휴, 괜히 왔어."

탐사를 하는 기간만큼 몬스터들을 사냥하지 못하니 그 손해는 이루 말할 수 없다.

사냥을 해야 돈을 버는 것이 헌터다.

그나마 다행이라면 재현 덕분에 저축된 돈이 꽤 많다는 것뿐이다.

이번에 크게 한몫하고, 안전하게 약한 몬스터들이나 사냥하며 돈을 벌 생각이었던 조환성의 불만은 이루 말할 수 없었다.

그래도 어쩌겠는가.

속된 말로 위에서 까라면 까야 하는 것을.

재현은 노움과 메타리엔을 중심으로 보이는 것 외에 다른 공간이 있는지 확인하고 있었다.

다른 헌터들은 각종 장비를 챙겨 확인하고 있지만 별다른 반응이 오지도 않았다.

그건 재현도 마찬가지다.

대지에 녹아들며 사방을 살펴본 노움과 메타리엔이 다시 그에게 왔다.

"어때? 찾았어?"

노움과 메타리엔이 고개를 가로저었다.

"전혀 안 느껴져요. 전부 꽉 막혀 있어요."

"나도…… 마찬가지……."

"이거 찾는 것도 일이네."

결국 이곳은 없다는 판정을 내리고, 다들 다시 다른 곳으로 가기 위해 뒤로 되돌아갔다.

출입 금지가 붙어 있는 길은 갈 수 없기 때문에 다른 곳으로 이동했다.

리자드맨이 나오는 곳인데, 노 리젠 현상 때문인지 습격을 해 오는 곳이 없었다.

녀석들의 부락에 도착하니 형편없이 망가져 있었다.

이곳에 다섯 개의 조가 몰려 서로 도와주며 사냥을 했다는데 금세 다 쓸어버린 것 같았다.

'맥스의 조가 이곳에서 사냥했겠지?'

참사의 흔적이라고 할까. 여기저기 폭탄을 쓴 흔적과 함께 리자드맨의 시체들을 심심찮게 볼 수 있었다.

부패해서 악취가 날 거라 생각해 재현은 죄다 땅속에 묻어 버리면서 탐사도 게을리하지 않았다.

결론만 말하자면 이곳도 꽝이었다.

다른 조도 마찬가지로 비밀의 문은 없다고 보고했다.

결국 상부에서 철수 명령이 떨어지고, 다들 철수 준비를 시작했다. 다섯 갈래 길에서 만난 헌터들.

그러다 문득 다들 라이트 스톤이 있는 곳에 있는 가드 라인을 뚫어지도록 바라보았다. 출입을 금지해서 장비를 가지고 유일하게 탐사하지 못한 곳이었다.

좀 고생은 하더라도 몬스터가 나타나기를 바랐던 그들은 미련이 남기라도 했는지 들어가지 못하는 곳만 뚫어지게 멍하니 바라볼 뿐이다.

재현도 마찬가지로 가드 라인을 보고 불현듯 뭔가 떠올랐다는 듯 말했다.

"근데 다른 곳은 다 2층이 있는데 왜 여긴 1층밖에 없는 거죠?"

"글쎄? 원래 던전이란 게 알다가도 모를 곳이다."

"혹시 이 안에 다른 공간이 있는 거 아니에요?"

그때 가로막혀 있었던 데다가 가고일의 기습으로 정신이 없었다. 저곳에 들어간 조는 3조가 유일했다.

"게다가 자이언트 모스키토가 공간을 찢으면서 나타났는데. 그게 던전에서 리젠 되는 것과 똑같은 일반적인 일이에요?"

그 말에 그제야 조환성도 뭔가 이상하다는 표정을 지으며 다들 잠깐 멈춰 달라고 말했다. 그리고 무전을 했다.

"여기는 3조. 혹시 출입 금지 구역인 2구역으로 들어가서 탐사해 봐도 되겠습니까?"

[출입 금지가 괜히 붙었겠나? 불허한다.]

절대 안 된다는 무전이 왔지만, 조환성은 거기에서 벌어졌던 일들을 상세히 보고하기 시작했다.

워낙 정신이 없어 약식으로 보고를 했는데, 지금은 아주 상세히 보고를 했다.

[공간을 찢으며 나타났다고?]

"혹시 숨겨진 통로에서 나온 것을 그렇게 본 것이 아닌가 하는 생각이 들어서 그렇습니다. 허락해 주시겠습니까?"

잠시 철수를 멈추고 그곳에서 대기하라는 말과 함께 무전이 끊겼다.

아무래도 무전 상대는 중간책인 모양이다. 잠시 후, 다시 명령이 떨어졌다.

[허락한다. 전 헌터. 모두 2구역으로 들어가 탐사를 계속하도록.]

허락한다는 말이 떨어지자, 다들 출입 금지 라인을 넘어 들어갔다. 다른 곳도 찾아볼 수 없다면 이곳에 있을 가능성은 충분히 있을 것이다.

*   *   *

2구역으로 들어선 사십여 명의 헌터들은 거대한 홀을 조심스럽게 이동했다.

그들이 거대한 홀에 들어오자 파괴되어 있는 석상들이 지저분하게 널려 있었다.

수류탄 폭발이 일어난 그을음이 던전 곳곳에 묻어나있었다.

그 위력이 얼마나 강력했는지 한눈에 봐도 대단하다는 것을 느낄 수 있었다.

3조 입장에서도 꽤나 고군분투했기 때문에 무엇이든 따질 상황은 아니었다.

날카로운 것에 베인 석고처럼 깨끗한 절단면을 보이는 석상들은 재현이 전투를 벌인 흔적이다. 대부분이 그러한 석상들이다.

혹시 또 다른 석상들은 없는지 다들 주의를 기울이며 살펴보았지만, 다행히 가고일의 석상은 파괴된 후로 리젠되지 않은 모양이다.

"그러고 보니 가고일은 보스방 입구를 지키는 파수꾼 정도라는 설이 있던데."

한 헌터가 그리 말했다.

원래 몬스터에 관한 설이나 괴담이 널리고 널린 것이 헌터계이다.

신경 쓰는 사람보다 오히려 신경을 덜 쓰는 헌터들이 부지기수이다.

가고일의 특성상 대부분 던전에서만 생성되기 때문에 그러한 소문이 퍼졌을 수도 있다.

재현은 신경이 쓰이는 편이지만, 다들 거의 신경 쓰지 않는 걸 보면 깊게 생각하지 않을 문제라고 생각했다.

곧 다들 이상이 없는 것을 확인하고, 주변을 탐색하기 시작했다. 비밀의 문이 있을지, 없을지 아무도 모르는 상황.

다들 나름대로 미련은 있었지만 헛수고를 한다는 회의적인 표정이다.

그래도 혹시 모른다는 생각을 하는 자도 꽤 되었다.

이대로 발견하지 못하고 몬스터들이 계속 나오지 않는다면 그들도 좀 곤란하다. 차라리 이렇게 조사하다가 발견하면 횡재라도 하는 기분일 것이다.

무엇보다 의욕을 갖는 이유는 발견하는 사람들은 이에 대한 성과금을 따로 주겠다는 제안도 걸려 있기 때문이었다.

그래도 대부분이 못 미더운 듯 설렁설렁 조사를 했다.

딱히 몬스터들이 튀어나올 징조도 보이지 않고, 던전에서 비밀 공간이 있다는 말은 들어 본 적도 없었기 때문이다.

무너진 곳을 발견하여 파내면서 발견하는 건 있지만, 비밀 공간이라고 말할 수 있을 정도는 아니다.

이곳은 그런 곳도 보이지 않고, 벽도 평평하다. 천장에 박혀 있는 은은한 빛이 주변을 밝게 해 사물들도 잘 볼 수 있었다.

딱히 장비에 반응이 오지도 않았다. 수맥이 흐르는 공간조차 보이지 않았다.

그래도 조금은 기대는 했는데 막상 아무것도 발견되지 않으니 다들 허무하다는 듯 보였다.

슬슬 설렁설렁 시간만 때우려는 이들로 가득했다. 그 와중, 재현은 포기하지 않았다.

노움이 땅에서 올라왔다.

"찾았어?"

"아니요, 주변을 다 살펴보았는데, 없었어요. 빈 공간도 안 느껴지고요."

뭔가 이곳에 있을 것 같다는 감은 오는데 딱히 짚이는 게 없으니 문제다.

노움이 굳이 거짓말을 할 이유도 없으니 정말 못 찾은 건 확실하다.

"죄송해요."

"응? 뭐가?"

"제가 무능력해서……."

노움은 자신이 도움이 되지 못한다는 것에 정말 미안해하고 있었다.

그러면서 자신은 이토록 쓸모없는 정령일까 회의감을 느끼고 있는 것이 느껴졌다.

"무능력하긴 뭘 무능력해. 노움은 노움 나름대로의 능력이 있는데."

"하지만 전 썬더러와 같은 강한 힘도 없고, 운다인처럼 정화수나 치료수를 만들 수 있는 것도 아니고, 메타리엔처럼 방어력을 지닌 것도 아니에요."

자책하기에 이르는 노움을 보면 어쩐지 재현도 괜히 미안해지는 것 같았다.

솔직히 노움이 좀 애매한 것은 사실이다.

그렇기 때문에 그동안 재현도 몬스터 사냥을 할 때 노움을 앞세우지 않았다.

그다지 특별하게 뭔가에 특화되어 있다고 보기 어려웠으니까.

그렇지만 재현은 그런 것 때문에 노움을 싫어하지 않았다.

"노움."

"예."

재현이 손가락에 정령력을 씌우더니, 노움의 이마에 딱 밤을 먹였다.

순간 이마에 갑작스러운 충격이 닿자, 노움이 조금 놀란 듯 짧은 팔을 들어 올려 이마를 부여잡으며 멀뚱멀뚱 그를 바라보았다.

다른 정령들도 마찬가지지만 재현이 딱밤을 때린 적은 단 한 번도 없었기 때문이다.

"뭘 스스로를 깎아내리고 있는 거야. 내가 널 싫어한 적 있어?"

노움이 고개를 가로저었다.

"아뇨. 재현은 절 싫어하지 않았어요."

"그렇다고 널 무시하거나 그런 적은?"

"……없었어요."

"그렇지?"

그러더니 그는 노움의 머리에 손을 얹었다. 재현은 부드럽고 따뜻하게 쓰다듬었다.

"내가 능력만으로 평가했으면 지금까지 정령사를 할 수 있었을까? 정령사들에게 나타났던 사례처럼 사단이 벌어졌겠지."

계약이 취소되어 능력이 상실한다거나 그런 사례들을

떠올린다.

재현은 노움을 딱히 무시한다거나 그런 건 없었다.

"노움은 혹시 친구를 도왔을 때 대가를 바라니?"

"아뇨."

"그렇지? 그건 나도 마찬가지야. 대가를 바라지도 않고, 그저 노움이란 존재를 좋아하는 거야. 그러니까 너무 자책하지 마. 옆에 있는 것만으로도 얼마나 든든한데."

노움이 확실히 조금 부족하다고 느끼기는 해도 딱히 싫어하거나 배척한 적은 없었다.

약하면 어떻고, 부족하면 어떤가.

다른 정령들과 마찬가지로 언제나 자신의 곁을 지켜 주는 든든한 파트너인 것을.

"고마워요."

"고마우면 앞으로 그런 생각하지 마. 알았지?"

노움이 보름달처럼 밝게 웃었다. 그리고 다시 주변 탐색을 실시했다.

다른 헌터들은 이미 다 포기한 듯 자리에 주저앉아 담배를 태우거나, 설렁설렁 장비만 휘적일 뿐이다.

정말 이곳에 없는 걸까.

재현의 고민이 깊어지는 가운데, 그의 머릿속에 한 가지 기억이 스쳐 지나갔다.

"노움, 전에 가고일을 피해 땅굴을 파려고 내가 생각했을 때 기억해?"

"네."

"밑에 광물이 가로막고 있어서 못한다고 했지?"

"그랬죠."

"혹시 거기에 가로막혀서 아래로 이동하지 못하는 거야?"

"네."

"그럼 그쪽에 뭔가 있는 거 아냐?"

지금 당장 의심할 수 있는 곳은 그곳밖에 없었다.

이미 다들 의욕을 잃은 마당이라 제대로 조사할 것 같지도 않았다.

재현은 자신의 머리 위에 누워 있던 메타리엔에게 손을 뻗으며 흔들었다.

"메타리엔."

"일어나 있어…… 흔들지 마……."

"아, 미안."

자다가 일어난 지 얼마 안 됐는지 졸린 듯한 목소리의 메타리엔. 메타리엔은 일어나더니 재현에게 말했다.

"일단 땅을 파 봐……."

재현이 고개를 끄덕이고 노움을 바라보자, 노움은 즉시

땅을 파기 시작했다.

지면에서 광물이 묻힌 곳까지의 거리는 대략 4미터 정도.

인력으로 파기 힘든 높이인 데다 지면도 단단했지만, 노움이 땅을 파니 포크레인이 파는 것처럼 금방 파졌다.

헌터들이 재현을 바라보는 가운데, 얼마 지나지 않아 광물이 있는 곳이 드러났다.

단단하고 평평한 금속들이 있었다.

광물이라기보다 뭔가 가공된 금속이란 느낌이 강했다.

"뭔가 있을 것 같은 확신이 드는데? 메타리엔, 이 광물 밑이 어떤지 알 수 있어?"

"나도…… 그건 불가능해…… 난 광물이나 지면 밑에…… 뭔가가 있는지만 확인할 수 있어……."

"그래?"

그럼 한 가지 방법이 있다.

"이 금속들은 얼마나 넓게 퍼져 있어?"

"이 아래 전체에……."

그러니까 홀 밑은 전부 이것으로 가득하다는 얘기다.

전체적인 면적이 어떤지는 확실치 않지만 이 금속에 뭔가가 있는 것이 분명해 보였다.

"메타리엔, 확인해 줄래?"

혹시나 하는 것으로 생각해 메타리엔에게 부탁해 마지막으로 확인해 보기로 한다.

이 금속 밑에 뭔가 있을 수 있다고 확실하게 장담할 수는 없다.

이 금속이 그냥 있는 것일 수도 있고, 아닐 수도 있다.

지금까지는 단지 추측과 신빙성뿐이다. 하지만 그나마 가장 가능성이 높다.

메타리엔이 알겠다고 말하며 곧바로 그 금속의 성질이 무엇인지 판단한다.

금속의 재질, 원소 등을 파악이 끝나기 무섭게 금속의 형태를 다듬기 시작한다.

소비되는 정령력에 비해 비교적 쉽게 금속이 강에 얼어붙은 얼음처럼 쩍쩍 갈라지며 형태가 변화한다.

재현이 뭔가를 발견한 것을 눈치채고 헌터들도 슬금슬금 이쪽으로 하나둘씩 모였다.

꽤 두꺼운 금속이 갈라지고, 곧 한 사람이 들어가기에 적절한 공간이 생겼다. 그리고 빈 공간이 나타났다.

재현이 조심스럽게 고개를 내밀어 아래를 확인했다. 높이를 확인할 수 없었다.

"사토, 조명탄 있지?"

"예."

사토가 가방에서 조명탄을 꺼내 그에게 건네주었다. 재현은 조명탄을 켜고서 그 아래로 던져 보았다.

그러자 주변이 확 밝아졌다. 그렇게 높은 곳은 아니었다.

고작해야 2미터 정도였다.

손만 뻗으면 이곳의 지면이 손에 닿을 높이었다.

재현이 먼저 그 안으로 몸을 날렸다. 가뿐하게 착지했다. 특색이 있다고 하면 있었다. 사방이 온통 금속투성이다.

"일단 제가 뭐가 있나 확인해 볼게요."

혹시 모를 위험에 대비해 재현이 앞장서서 확인해 보겠다고 하자 다들 그의 의견에 동의했다.

아일린이 그에게 무전기를 건네주었다.

"뭔가 발견하면 이걸로 무전해."

"네."

재현은 무전기를 건네받아 허리띠에 꽂고 아직도 빛을 발하고 있는 조명탄을 들고 앞으로 거침없이 이동한다.

조금 이동했는데 문득 저 멀리서 뭔가가 다가오고 있는 것을 볼 수 있었다.

재현은 즉시 손에 들고 있던 조명탄을 앞으로 던졌다. 그러자 다가오고 있는 것의 정체를 알 수 있었다.

"자이언트 모스키토! 이놈들, 여기에서 나타난 거였구
나!"

재현은 녀석들이 나타나자 이곳이 비밀의 공간이라고
확신할 수 있었다.

녀석들이 이곳에 있으니 분명 녀석들이 나타난 비밀 통
로가 있을 거라고 생각했다.

규모가 얼마나 큰지 모르겠지만, 통로인 것을 보니 분
명 안으로 더 들어가면 뭔가 더 있을 거라고 판단했다.

그는 즉시 손에 전류를 모아 앞으로 손을 뻗었다.

"썬더러, 라이트닝 차징!"

썬더러가 즉시 라이트닝 차징을 사용한다.

한 줄기의 빛에 맞고 순식간에 요격당한 녀석이 땅바닥
에 나뒹군다. 하지만 아직 뒤에 더 남아 있었다.

썬더러는 라이트닝 차징을 몇 번 더 사용했고, 곧 잠잠
해졌다. 그리고 잠잠해지기 무섭게 무전기에서 조환성의
목소리가 들려왔다.

[무슨 일이야? 전투가 벌어졌어?]

"예. 자이언트 모스키토예요. 이곳이 비밀 통로인 것
같아요."

그 말에 환호하는 목소리가 쩌렁쩌렁 퍼져 들려온다.

재현은 좀 더 들어가겠다고 말하다가 뭔가를 발견했다.

점점 통로의 넓이가 커진 데다, 계단이 보였기 때문이다.

"어라? 여기 계단이 있는데요?"

[계단?]

"근데 윗부분이 막혔어요."

계단이 너무 뜬금없다고 느껴졌다. 윗부분은 단단한 암석에 가로막혀 알 수 없었다.

우연으로 만들어진 계단으로 치기에는 너무 인위적이다.

"재현아, 여기에 뭔가가 있어!"

운다인 뭔가를 발견하고 그를 불렀다. 재현이 서둘러 운다인에게 다가갔다.

운다인이 발견한 건 사슬로 연결된 뭔가였다. 뭔지는 모르겠지만, 무슨 장치가 되어 있는 것 같았다.

던전을 돌 때 보았던 게임의 장치 같다는 생각이 들었다.

막혀 있는 길을 장치를 당김으로써 열게 만드는 것 말이다.

이것도 그것과 상당히 비슷해 보였다.

"설마 이거 함정은 아니겠지?"

이게 함정일 수 있다는 생각은 분명 해 봐야 한다.

보물 상자인 줄 알고 열었더니 알고 보니 미믹이라는 상자 몬스터였다는 전개는 어떤 게임이든 다 있는 법이니까.

뭐든 의심해 봐야 할 상황이지만, 재현에게는 메타리엔이 있었다.

"메타리엔. 이거 함정 같아?"

"무슨 장치이긴 한데…… 함정을 가동시키는 건 아닌 것 같아……."

사슬로 되어 있기 때문에 그것을 토대로 내부에 있는 장치들까지 구석구석 살펴본 메타리엔이 그리 확신하자 재현은 안심하고, 쭉 잡아당겼다.

쿠구구구구구!

그 순간, 위에서 흙먼지가 떨어지며 막혀 있던 암석이 점차 열리기 시작했다.

재현은 이곳에서 또 뭔가가 튀어나올지 모른다는 생각에 경계하며 천천히 계단을 올랐다.

계단을 끝까지 오른 그는 그리고 의외의 인물들을 만날 수 있었다.

바로 일루전 컴퍼니의 헌터들이다. 그들은 죄다 이쪽을 향해 총구를 들이밀고 있었다.

"어라? 이거 아래로 통하는 비밀의 문을 여는 장치였어?"

그의 목소리가 들려오자 헌터들이 그제야 재현이 비밀의 문을 열었다는 것을 알고 총구를 내려놓았다.

* * *

비밀의 문은 재현의 활약으로 발견할 수 있었다. 밖이 아닌 내부에 있었기 때문에 당연히 발견할 수 없던 것이었다.

상부에서도 솔직히 있으리라고만 막연히 생각했을 뿐이지만, 그가 성과를 올리자 바로 또 다른 던전과 이어져 있을 확률이 크다고 판단하고, 더 탐색하라고 명령했다.

사십여 명의 헌터들이 우르르 몰려가 통로를 살폈다.

가는 길목에 자이언트 모스키토를 만났는데, 발견 즉시 재현이 잡아 버리거나, 누군가 총을 쏴서 잡았다.

여전히 발견된 몬스터는 많지 않지만, 일단 아무도 와 본 적이 없는 곳이라 다들 들뜬 표정이다.

재현도 마찬가지였다.

자이언트 모스키토가 나오면 바로 사냥을 하고, 쭉 전진했다. 그렇게 한참을 쭉 전진하다 알 수 없는 소리가 그들의 귀에 들려왔다.

"무슨 소리지?"

이거다, 라고 말할 수 있을 정도로 확신할 수 없는 소리다. 다들 한참을 귀를 기울였다가 운다인이 말해 주었다.

"물이 떨어지는 소리야."

"물?"

"응. 지하로 흘러들어 오는 물이 폭포처럼 흘러서 울리고 있어."

귀에 익은 소리는 아니지만 폭포 소리라고 생각하니 정말 그리 들렸다.

재현이 손짓을 하자 그들이 함께 움직이기 시작했다.

어느새 앞장을 서서 지휘하는 사람은 다른 누구도 아닌 재현이 하게 되었다.

재현이 의도한 것이 아니라 자연스럽게 이리된 것이었다.

그렇게 계속 전진할수록 소리는 점점 커졌고, 빛이 새어 나오는 공간까지 올 수 있었다.

라이트 스톤이 있는 건가 싶었지만, 아니었다. 웬 버섯이 뿌리를 박고 빛을 내고 있었다.

재현이 신기한 듯 바라보다가 검으로 툭툭 건드려보았다. 혹시 이게 몬스터일 가능성도 있을 수 있다고 생각한 것이다.

다행히 몬스터는 아니었다.

검으로 하나를 캐 보니 환하게 밝히던 빛이 사라졌다.

한참을 신기하게 바라보자 조환성이 피식 웃으며 다가왔다.

"혹시 처음 보냐?"

"이게 뭔지 알아요?"

"알다마다. 던전에서 쉽게 발견할 수 있는 것이다. 발광버섯이라고 하지."

"발광버섯이요?"

"던전에서만 나오는 특별한 버섯인데, 캐는 순간 빛을 잃는다. 참고로 인체에 매우 해로워서 먹으면 죽을 수도 있으니 실수로도 먹을 생각은 하지 않는 게 좋아."

어차피 비주얼도 별로라서 먹을 생각은 들지 않았지만 버섯이 이리 환한 빛을 발하는 건 처음 봤기 때문에 눈을 떼지 못하고 있었다.

"던전을 돌아다니다 보면 쉽게 볼 수 있는 거다. 버섯 말고도 꽤 여러 종류가 있지. 자, 설명은 여기서 끝내고, 이만 가도록 하자. 다들 기다린다."

"예."

재현은 다시 헌터들을 이끌고 앞서서 이동하기 시작했다.

폭포 소리가 확실히 커지고, 그들은 엄청난 장관을 볼 수 있었다.

라이트 스톤이 곳곳에 박혀 있고, 거대한 공간에 떠돌아다니는 벌레들.

반딧불처럼 빛을 내고 있지만, 그 빛의 세기는 반딧불과 비교할 게 못 되었다.

발광 버섯 저리 가라 할 정도로 많은 빛이 주위를 밝히고 있었다.

동굴 속이면서 풀도 자라 있고, 폭포수가 떨어져 동굴 속에 강을 만들어 냈다.

천장에는 라이트스톤이 잔뜩 박혀 있어서 던전에 들어와 있는 게 아니라 밖에 나온 것 같은 착각을 했다.

이런 장관은 다른 헌터들도 마찬가지인지, 눈을 떼지 못하고 있었다.

던전 속에 이런 장관이라니. 그 누구도 예상하지 못한 일이었다.

아름다운 모습에 매료될 것 같았다. 그러나 그것도 잠시, 재현이 이상을 감지하고 모두의 숨소리를 죽이도록 했다.

뭔가 꿈틀꿈틀 움직이고 있는 것을 본 것이다.

스슥.

이름: 오크

종류: 오크과

등급: C+

─C급 몬스터 중 먹이사슬 최상위에 있는 몬스터이
다. 숲, 산, 협곡, 초원 등 지형지물에 관계 없이 나타
나는 몬스터 중 하나이다. 전투를 명예로 알며, 누구 하
나 죽을 때까지 끝까지 싸울 정도로 전투에 대한 욕구
가 강렬하다. 또한 집요하기로 유명하다. 성인 남성의
몇 배나 되는 힘은 방패조차 쉽게 파괴시켜 버린다. 전
투 몬스터의 대표로 손꼽으며 집착과 포악성은 세계에
서 인정하는 몬스터다. 양손 무기를 한 손으로 들 만큼
힘이 강하며 가장 조심해야 할 몬스터 중 하나다. 평균
한 마리의 오크가 성인 남성 3~4명을 감당할 수 있다고
알려져 있다.

'헉!'

입이 떡 벌어질 정도로 놀란 재현은 소리가 새어 나갈
까 급히 입을 틀어막았다.

다들 재현과 같은 반응이다.

일단 총부리는 녀석들을 향해 겨누고 있는데 누구 하나

방아쇠를 당길 생각을 못 했다.

오크들이 얼마나 무서운 몬스터인지 다들 익히 알고 있는 탓이다.

재현의 경우 훈련 프로그램으로 싸워 보긴 했지만 진짜 오크보다 훨씬 약하게 조정한 녀석들이다.

그것만 해도 꽤 대단했는데 진짜 오크를 만나니 감히 싸울 엄두를 못 냈다. 그런 녀석이 한 마리도 아니다.

하나, 둘, 셋, 넷…… 눈앞에 보이는 오크들만 해도 여섯 마리다.

여기서 보이지 않는 곳에 더 없다고는 장담하지 못한다.

안 그래도 무서운 놈들인데 무리를 지어 다니다 보니 헌터들이 가장 꺼리는 몬스터 중 하나가 된 몬스터다.

여섯 마리일 뿐이지만, 녀석들의 전력으로 볼 때, 이곳에 온 사십여 명의 민간 헌터의 절반은 될 힘을 보유하고 있다.

재현이라면 일대일 정도는 붙어 볼 만하겠지만 그래도 부담스러운 건 사실이다.

이번에 이곳에 온 목적은 탐사기 때문에 장비를 제대로 갖추고 온 이들은 적었다.

재현은 이대로 물러나는 게 좋을 거라 판단했다.

하지만, 그의 판단은 다른 이에 의해 깨졌다.

"고작 여섯 마리다! 공격해!"

바로 맥스. 그가 우렁차게 소리 지르며 먼저 총을 발사하기 시작했다. 재현의 눈이 휘둥그레지며 얼른 그를 막았다.

"지금 미쳤어요? 다 죽일 일 있어요?!"

"뭐야, 고작 저 숫자에 쫀 거냐? 쪽수를 생각해 봐, 쪽수를!"

"쪽수로는 우리가 이기지만 제대로 장비를 챙겨 오지 않았잖아요!"

확실히 인원수를 생각했을 때, 사냥은 가능하지만 희생을 감수해야 한다. 제대로 된 장비조차 안 가지고 온 이가 대부분이다.

녀석들의 힘을 생각했을 때, 절대 완벽히 막을 수 없다. 오히려 부담스럽다.

'나도 생각하는 기본적인 걸 생각도 못 해? 이 사람 정말 조장 맞아?'

녀석들의 시선은 벌써 이쪽으로 향해 있었다. 그렇게 총질을 해 댔으니 오히려 안 들키는 게 이상했다.

"취이이익!"

녀석들이 그들을 발견하고 달려오기 시작했다.

"녀석들이 달려온다! 얼른 쏴!"

탕! 탕! 탕!

아무도 총을 발사하지도 않고 있는데, 맥스만이 유일하게 총을 연이어 발사했다.

재현은 뭐 이런 사람이 다 있냐며 생각 후, 소리쳤다.

"후퇴! 후퇴!!"

그 말이 떨어지기 무섭게 다들 출구를 향해 뛰기 시작했다.

누군가는 무거운 장비가 거슬려 아예 버려 두고 뛰었다.

지금 중요한 건 장비가 아니라 목숨이기 때문이다.

"이런 병신 같은 것들!"

혼자서는 절대 녀석들을 잡을 수 없다는 것을 아는 맥스는 결국 다들 젖 먹던 힘까지 쥐어짜며 뛰자, 자신도 도망쳐야 했다.

이 날, 던전에 들어간 인원 전원 무사히 복귀할 수 있었다.

Chapter 06

오크 사냥

숙소로 돌아온 재현은 지식과 지혜는 다른 문제라는 걸 맥스를 통해 알 수 있었다.

제아무리 지식이 많아도 그걸 활용하지 못하는 맥스를 보면 기가 막힐 노릇이다.

오늘만 하더라도 그랬다.

다들 장비를 제대로 챙겨 오지도 않았는데 인원수만 믿고 싸우자고 하니 어이가 없었다.

자기는 무기가 있다고 자신만만했던 모양인지, 아니면 희생을 감수할 생각이었는지 모르겠다.

"어떻게 저런 사람이 조장이 될 수 있죠?"

재현은 그것이 궁금하여 조환성에게 거의 따지듯 물어봤다.

남들을 지휘를 거의 해 본 적도 없는 재현도 그 당시 후퇴해야 하는 게 옳다고 생각했는데, 그는 전혀 그러지 않았다.

심지어 자기 조원들도 아무런 행동도 하지 않았는데도 말이다.

조환성은 머리를 긁적였다.

"음…… 이게 우리 회사의 고질적 문제이기도 한데, 공식 헌터들은 거의 프리랜서와 같지만, 민간 헌터는 정직원이라서 말이다. 선후배가 있으니 가장 연배가 있는 자가 지휘를 맡는 게 보통이지."

아무래도 경험이 풍부한 자가 지휘도 잘하리란 생각을 하는 것이다.

풍부한 경험이 지휘를 하는 것에 도움이 되겠지만, 그렇지 않은 경우도 생각해야 하지 않나 하는 생각이 들었다.

"따로 지휘하는 사람들을 나누거나 하지 않아요?"

"자기보다 한참 후배가 지휘한다고 생각하는 게 커서, 지휘하는 사람을 따로 선별해도 듣지 않는 경우가 허다하다."

능력 있는 사람들을 놔두고, 경험이 풍부하지만 지휘할

줄 모르는 이들을 사용하는 게 더 비효율적이다.

그렇게 사냥을 한다면 피해를 많이 입게 될 것이다. 뭐 이런 경우가 다 있나 싶었다.

"마흔 명이 같이 행동하면 대장도 가장 짬밥 되는 사람이 할 텐데 누가 가장 높은데요?"

"이 회사에 일한 일수로만 따진다면 맥스겠지."

조환성은 맥스보다 1~2년 정도 늦게 취직했다고 한다.

맥스는 보아하니 어리석긴 해도 개인 능력은 뛰어나다고 하는데, 지휘하는 건 영 꽝이다.

조환성은 맥스보다 개인 능력이 좀 떨어진다 해도 같이 지내본바 지휘 능력은 훨씬 뛰어나 보이는 것이 현실이다.

"이거 항의 안 해요?"

"하는 사람도 있지. 하지만 반대하는 사람도 적잖아 있다."

그러니까 후배의 지휘를 받기는 싫고, 선배 취급은 받고 싶으니까 현 상태를 유지하고 싶다 뭐 그런 것 같았다.

한심해서 눈물이 다 나올 것 같았다.

재현의 경우에는 마음에 들지 않으면 이번 원정으로 다시는 안 가면 그만이지만, 이들은 그렇지 않다.

좋든 싫든 일루전 컴퍼니 소속이라는 것은 변함이 없기 때문이다.

한 회사에 속해 있는 이상 그들도 어쩔 수 없는 것일지도 모른다.

"차라리 직급으로 나누면 그런 건 사라질 텐데."

재현은 일루전 컴퍼니에 완전히 몸을 담고 있는 사람이 아니라 왈가불가할 입장은 아니지만 이건 좀 문제가 있다고 생각된다.

나중에 이걸 말할까 진지하게 생각했다.

그러고 보니 회장도 곤란하면 언제든 연락하라고 했던 기억이 있는데…….

이걸 문제점으로 짚어 볼까?

다른 건 몰라도 이것만큼은 정말 문제가 있어 보였다.

이런 곳에 자신의 목숨을 걸고 원정 온 자들이 좀 불쌍하게 느껴졌다.

"전 당연히 안 될 테고."

"공식 헌터가 회사의 지휘 체계를 맡는 경우는 없었지."

일단 타인이라고 봐도 무관하니 당연하다면 당연한 것이다.

재현도 답답하다는 듯 가슴을 때렸지만 어떻게 할 수 없는 문제이다.

　　　　*　　　　*　　　　*

　일루전 컴퍼니의 본사.

　미국 로스앤젤레스에 위치한 일루전 컴퍼니의 본사는
다른 건물들에 비해 화려하고 하늘에 닿을 듯 높이 뻗은
빌딩.

　세계에서 가장 높은 빌딩 중 하나이다. 그리고 그곳의
꼭대기 층에 있는 것은 회장실이다.

　회장은 여러 지부에서 오는 서류들을 결제하는 일을 하
고 있었다.

　또 향후 할 일의 계획들을 면밀히 검토하는 일도 같이
하고 있었다.

　요즘 남아프리카 공화국에서 발견된 던전 때문에 바빴
는데 오랜만에 다시 여유가 찾아온 것이다.

　늘 하던 일이니 딱히 바쁘다는 느낌은 없었다.

　어제만 하더라도 캐나다 지부를 갔다가 돌아와서 밤새
일을 했다.

　한참 서류를 확인하고 있던 회장은 남아프리카 공화국
지부의 서류들을 상세히 살폈다.

　일루전 컴퍼니에서 관리하는 던전이 꽤 되긴 하지만,
이번에 발견된 던전은 무려 B급 던전이다.

또 흥미로운 것들로 가득한 곳이라 어떻게 활용할지 회의를 가장 많이 한 곳이기도 했다.

오늘도 새로운 보고서가 올라왔다.

그의 비서가 들어와 그에게 보고서를 들고 왔다.

"회장님. 보고서 올리겠습니다. 남아프리카 공화국 지부에서 온 보고서입니다."

"그래."

혹시나 해킹으로 정보가 새어 나갈까 인터넷보다 종이로 직접 인쇄해 전해 받는 일이 대부분이다.

그는 잠시 하던 일을 멈추고, 보고서를 차근차근 읽기 시작했다. 곧 그의 얼굴에 흥미로운 미소가 번졌다.

"오호, 비밀의 문과 함께 오크가 발견되었다고?"

던전에서 몬스터가 리젠되지 않는 현상이 발생해, 다른 층으로 가는 층이 매몰되었거나 비밀 통로가 있을 것이라 판단하고 탐사시킨 결과 이를 발견했다는 보고서다.

결과적으로 매몰된 게 아니고, 비밀의 문이 존재했다는 것이다.

지하로 파고들어가 통로를 발견했으며 곧 비밀 통로를 이어주는 장치를 발견했다는 것이다.

비밀 통로를 발견한 자는 그가 크게 관심을 보였던, 지금도 보이고 있는 박재현이었다.

재현을 영입하기 위해 최대한의 대우를 하기로 했는데 정말 잘한 일이었다.

그를 영입하니 이렇게 좋은 결과를 내고 있지 않은가!

"역시 내 눈은 틀리지 않았군."

만약 그를 영입하지 않았다면 언젠가는 찾았어도 꽤 많은 부담을 안고 탐사를 해야 했을 것이다.

시간은 곧 금과도 같은 곳이 헌터계다.

재현이 있었기에 금방 비밀 통로를 발견했다고 말할 수 있었다.

아직 사람 보는 눈이 죽지 않았다며 스스로 만족하는 회장은 기분 좋게 보고서를 계속해서 읽어 나갔다.

이번에 해 주는 대우 이상으로 큰 가치를 회사에 주고 있었다.

그런데 한참을 읽어 내려가다가 좀 의아한 문장을 발견할 수 있었다.

'사십여 명을 지휘하며 갔다고?'

주로 헌터계에 오래 있던 자들을 뽑아 지휘자를 선별하는데, 재현이 그들을 지휘하며 앞장서서 갔다고 하니 좀 의아한 듯 바라보았다.

거기다 고분고분 그의 말에 따라 주었다는 것이 더욱 흥미로웠다.

맥스라는 자가 이에 항의하고 있지만, 전체적으로 재현을 더 따른다는 모양이다.

"공식 헌터라고 좀 배척할 줄 알았더니 꼭 그런 것은 아니로군."

하기야, 능력이 있고 없고의 차이가 있는데 앞장서서 갔다는 것에 사람들의 마음을 움직였을지도 모른다.

"회장님, 그런데 남아프리카 공화국 지부에서 한 헌터가 계속 항의를 하고 있다고 합니다."

"응? 무슨 일로?"

"지휘자를 확실히 정해야 한다며 그런 것 같습니다."

모든 헌터들이 재현의 말에 따랐어도 당연히 그중 불만을 품은 자가 있기 마련이다.

재현은 어디까지나 회사 소속도 아닌 타인이다.

자신들을 지휘하는 것에 불만을 품지 않는 자가 없는 게 더 이상한 일이다.

"누군데?"

"맥스 크리스 주니어입니다."

"누군지는 모르겠지만 일단 그 항의 내용을 자세히 말해 봐."

비서는 곧 회장에게 그 항의 내용에 대해 말하기 시작했다.

좀 길긴 하지만 대체로 그냥 자신의 뜻대로 되지 않으니 불만을 표출하는 것 같았다.

들으면 들을수록 못 들어주겠다는 듯 인상을 확 찌푸렸다.

일단 요약만 하자면 맥스라는 자가 계속 사십 명의 헌터들을 지휘할 수 있게 지휘자를 선발해야 한다며 상부에 계속 어필하고 있는 모양이었다.

틀린 말은 아니라서 회장은 이를 받아들이기로 하고 직접 지시했다.

"지휘자는 내가 선발하도록 하지. 이 이상 그것 가지고 불만을 품는 자는 내게 직접 항의해 보라고 해."

＊　　　＊　　　＊

오크를 발견하고 나흘 후.

오크는 C급 몬스터 중 정점에 있는 몬스터다.

어지간한 공격은 거의 통하지 않으며 통상적으로 적은 인원으로 다수의 적을 상대하는 데 특화된 종족이라 할 수 있겠다.

전투를 명예롭게 생각하고, 긍지로 여긴다니 말은 다 한 셈이다.

또 작든 크든 전투에 목숨을 걸 정도라고 하니 얼마나 무시무시한지 알 수 있겠다.

오직 전투를 하기 위해서 태어난 몬스터라고 해도 무방할 정도다.

더 무시무시한 것은 녀석들의 번식력은 엄청나다는 것이다.

한 번 출산하는 데 최소 세 마리 이상이며 많게는 여섯 마리가량 낳는다고 알려져 있다.

지금 학계에 보고된 것만 해도 태어난 지 1년도 안 된 오크들은 거의 성인 남성과 비슷할 정도의 힘을 보유하며, 성체가 되는데 2년이 채 걸리지 않는다고 한다.

번식력도 뛰어난데 힘도 어마어마한 데다 전투를 목숨과 같이 여기니 어떤 몬스터보다 무시무시하다고 볼 수 있겠다.

그런 오크를 상대하기 위해서는 대괴수용탄을 새로 보급받아야 한다.

대괴수용탄도 등급에 따라 이름이 따로 정해져 있는데, 통상적으로 사용되는 대괴수용탄은 C급 몬스터에게까지 먹힌다.

그러나 오크부터는 그 효과가 미미하다는 것이 정론이다.

그래서 채택한 것이 B등급 이상의 몬스터를 상대하기 위해 만들어진 대괴수용 섬멸탄.

A급 몬스터에게도 충분한 데미지를 줄 수 있다고 알려진 어마어마한 탄이다.

헌터 개인이 구입할 수 없고, 국가나 민간 헌터 측에서만 구입할 수 있다고 알려져 있다.

가격은 가장 싼 것이 한 발당 오백만 원.

비싼 것은 천만 원이 훌쩍 넘기도 한다.

너무 비싸서 살 엄두도 못 내는 총알이다.

십억 단위도 우습게 깨지기 때문에 민간 헌터 측에서도 부담스러워하는 것이 사실이다.

그나마 일루전 컴퍼니쯤 되니 한 탄창 가득 보급해 주는 것이다.

한 탄창까지는 회사에서 보급해 줬지만 그 이상은 헌터 개인의 사비로 사야 했다.

다만 헌터 상점에서도 수량이 부족해 이를 공급하느라고 시일이 좀 걸렸다.

아일린과 사토는 자신이 보유하고 있는 총들의 모든 탄창을 대괴수용 섬멸탄으로 바꿔 끼웠다.

재현과 사냥을 하면서 벌어들인 돈이 꽤 되어 모든 탄창에 대괴수용 섬멸탄으로 채울 수 있던 것이다.

덕분에 통장 잔고가 확 떨어져 생계가 아슬아슬해질 지경이 되었지만, 오크들을 사냥함으로써 그것을 메우려고 했다.

오크는 질 높은 수정체가 잘 나오기도 하지만 몸값도 높게 쳐 주기 때문에 잘만 하면 자신이 쓴 돈 이상으로 벌 수도 있었다.

다른 이들도 있는 돈 없는 돈 다 끌어모아 대괴수용 섬멸탄으로 채웠다.

확실하게 무장을 갖추자 이제는 다들 자신감이 생겼다.

저번에는 장비를 제대로 갖추지 않아 그냥 도망쳤지만, 오늘은 다르다.

장비도 갖췄고, 오크에게 대항할 짐들을 잔뜩 챙겼기 때문이다.

다만 한 가지 문제가 있었으니, 지휘자를 정하는 것이었다. 이번에 마흔 명의 헌터들을 지휘할 자가 필요했다.

어제까지만 해도 가장 경험이 풍부한 맥스가 가장 유력했지만 반전이 일어났다.

"지휘자는 박재현으로 선발되었다."

"……?!"

재현은 물론이고, 헌터들 사이에서도 이에 술렁거렸다.

맥스가 되리라 당연히 생각했는데 설마 재현이 될 줄 몰랐기 때문이다.

"이건 말도 안 돼!"

맥스가 벌떡 일어나며 소리쳤다. 그는 이 믿기지 않는 발표에 씩씩거리고 있었다.

"우리 회사 소속도 아니고, 그저 따라온 헌터를 지휘자로 택한다고? 이게 말이나 돼?"

"맞아!"

그에 동조해 몇몇 헌터도 이에 항의했다.

당연하다면 당연한 반응이다.

마음에 들고 안 들고의 문제가 아니라 그가 지휘자로서 역량이 있는지 없는지가 중요한 문제다.

그들도 알아본바, 재현은 헌터가 된 지 채 1년도 되지 않은 것으로 알고 있었다.

실력이 있으니 빠르게 중급 헌터가 될 수 있었지만, 지휘 능력은 별개의 문제다.

당연히 이 결정을 받아들일 수 없다고, 하다못해 그 능력을 검정해 봐야 되지 않겠냐는 말이 많았다.

"이는 회장님께서 결정하신 문제다. 회장님께서 말씀하시길, 항의하고 싶으면 직접 하라고 하셨다."

그 말에 좌중이 침묵에 잠겼다.

자리에서 일어났던 이들 중 몇 명은 슬그머니 자리에 앉았다.

회장이 직접 내린 사항이라는 것이 믿기지 않지만 정말이라면 할 말이 없다.

일개 사원에게 회장의 명령은 절대적이었다. 아무 말도 하지 못하는 걸 보면 아무도 회장에게 뭐라 할 수 없는 것 같았다.

맥스는 할 말이 많은 것 같지만, 회장의 방침이라는 말에 아무 말도 하지 못하고 마지못해 자리에 앉아야 했다.

"남들을 지휘해 본 경험은?"

발표를 했던 지부의 직원이 그리 물어 왔다.

영어로 말했기 때문에 아일린이 대신 통역을 해 주어 알아들을 수 있었다.

"군대에서 한 경험은 있어요. 파티를 맺어 포지션도 짜보기도 하고요."

일단 군대에 다녀온 대한 건아인 박재현이다.

전역한 지 좀 되었어도 지휘 경험은 있었다.

"음…… 뭐, 그 정도면 괜찮겠지."

일단 군대를 다녀왔으니 그들도 그 능력을 인정해 주었다.

군대 나온 경험만으로도 이들은 납득해 버리고 말았다.

모병제인 국가가 많아 징병제 국가의 현실은 잘 몰라 주었다.

　거기다 후방에 근무한 재현의 경우, 몬스터 소탕에 직접 참가해 분대를 이끌어 본 경험도 없어 잘 해낼 수 있을지 불안해했다.

　뜻하지 않게 사십 명의 헌터를 지휘하게 된 재현은 오크들을 소탕하는 임무를 하달 받았다.

　작전 시간은 내일 오전 10시.

　던전이 열리는 시간에 맞춰 소탕을 시작하는 것이었다. 어쩌다가 이렇게 되었는지.

　재현은 초조했다.

　지휘를 잘못하면 자신은 물론이고, 사십 명의 헌터들이 위기에 닥칠 수 있기 때문이다.

　갑작스럽게 어깨에 무거운 짐이 얹어져 한숨만 내쉬었다.

　아일린과 조환성은 그를 토닥여 주었다.

　"걱정 마. 너라면 잘 해낼 수 있을 거야."

　"형만 믿어라. 형이 참모처럼 옆에서 조언해 줄 테니."

　사토도 신뢰하는 눈빛으로 그를 바라보았다.

　"걱정 마세요. 회장님의 사람 보는 눈은 업계에서도 유명하니까요. 회장님의 안목이 확실하다면 재현이 형은 잘 이끌 수 있을 거예요."

정령들은 가슴을 펴며 자신감을 표현했다.

"걱정 마! 재현이는 물론이고 다른 사람들도 우리가 적극적으로 도울 테니까!"

"우리만 믿어!"

동료고, 정령들이고 할 것 없이 옆에서 도와주겠다고 했지만, 무거운 짐을 덜기에는 역부족이다.

조환성이 그 짐을 일부 자신이 짊어져 주겠다고 했지만 최종적으로 결정을 내리는 것은 재현의 몫이다.

*   *   *

재현은 가장 기본적으로 해야 할 일들을 먼저 했다. 가장 먼저 해야 할 것은 각자 포지션을 결정하는 것이다.

어제 늦게까지 돌아다니며 각자 무기를 파악하고, 무엇을 잘하는지 파악하는 데 주력했다.

피곤하고 귀찮은 일이었지만 그래도 어떻게든 사냥을 원활하게 하기 위해 노력했다.

포지션이 결정되고서 재현은 조를 재편성하여 그 조의 조장을 새로 뽑았다.

누가 지휘를 더 잘하는지 모르기 때문에 조장을 맡아

본 사람들로 하여금 통솔을 하도록 했다.

각자 장비에 이상 유무와 인원 점검도 확인했다.

다들 다시 한 번 장비와 물품들을 점검하며 여유롭게 담배나 피우는 반면, 재현은 긴장감에 다리를 떨고 손톱을 물어뜯고 있었다.

면접을 보는 것과 또 다른 긴장감이었다.

어깨가 무거운 위치에 오니 당연하다면 당연한 반응이다.

그나마 다행인 것은 남들에게 보이기 싫어 잘 안 보이는 곳에서 이런 행동을 하고 있다는 것이다.

운다인이 긴장하지 말라며 옆에서 웃어 주었다.

"재현이가 긴장을 다 하네."

썬더러가 헤헤 웃으며 그의 머리를 부드럽게 쓰다듬었다.

생각해 보니 정령들 앞에서 이런 모습을 보이는 건 아마 처음인 것 같았다.

다들 옆에서 위로해 주어 어느 정도 긴장이 완화되었지만, 그래도 불안감은 남아 있었다.

작전 실패는 곧 희생이 따르는 법이다.

자신의 말 한마디에 목숨이 걸려 있다고 해도 무리가 아닌 것이다.

오전 10시까지 앞으로 3분.

헌터들이 줄지어 던전에 모이고, 재현도 합류했다.

곧 던전이 다시 개방이 되었다. 던전이 개방되자 재현이 손을 높이 들며 소리쳤다.

"자, 이제 들어갑니다!"

대열을 맞추며 안으로 들어가는 무리들.

재현은 노움에게 몬스터들이 있는지 확인을 부탁했다.

비밀 통로에서 자이언트 모스키토를 잡은 덕분인지는 모르겠지만, 몬스터들이 있다고 노움이 말해 주었다.

몬스터들이 보이면 그 즉시 사냥을 했다.

가볍게 몸을 풀고서 비밀 통로가 있는 곳에 도착했다.

비밀 통로 안에는 어제처럼 자이언트 모스키토가 나타났다.

"알파 팀!"

한국말을 알아듣지 못하는 헌터들이 있었기 때문에 재현은 팀 이름을 1조, 2조라고 부르지 않았다.

알파, 브라보, 찰리, 델타로 바꿔서 소리쳤다. 아무래도 모두가 알아들어야 하다 보니 그렇게 부를 수밖에 없는 것이다.

그는 알파 팀에게 사격 명령을 내렸다.

전부 소음기를 부착해 우레와 같은 소리는 나지 않았지

만, 불을 뿜으며 녀석들에게 비처럼 쏟아 냈다.

녀석들은 아무것도 해 보지 못하고 일제히 날아오는 총알에 추풍낙엽처럼 쓰러졌다.

대괴수용탄과 대괴수용 섬멸탄을 번갈아 사용하기 위해 일부는 대괴수용탄도 같이 소지하고 다녔다.

대괴수용 섬멸탄은 오크를 사냥하기 위한 것이지, 이런 잡몹이나 잡자고 챙겨 온 것이 아니다.

"사격 중지!"

"오프 파이어! 오프 파이어!"

그가 사격중지 명령을 내리자 각 조장들이 사격 중지 명령을 전달했다.

총구에서 뿜어진 불이 사라졌다.

남아 있거나 죽지 않고 땅에 엎어진 자이언트 모스키토는 썬더러가 마무리했다.

사냥을 끝내자, 재현은 찰리 팀을 불러 수정체를 챙기라 명령했다.

알파 팀은 전방에서 사격을 맡고, 브라보 팀은 화력지원을 맡았다.

찰리 팀은 엄호 및 목표물 저격을 주로 하였다.

델타 팀은 추격조로, 도망치는 몬스터와 후방에서 오는 적들을 맡기로 했다.

각자 역할을 분담하고, 그 조의 조장을 따로 두니 참으로 편했다.

처음에는 잔뜩 긴장했는데, 막상 해 보니 긴장이 들지 않았다.

실전에서 강한 것 같다고 스스로 느끼고 있었다.

이제 슬슬 오크들을 보았던 장소가 눈앞에 보이기 시작했다.

지상에 온 것처럼 아름다운 공간.

나무도 자라 있고, 풀들도 무성한 곳이다.

한 무리가 재현의 눈에 포착되었다.

저격조가 우선적으로 은폐하여 녀석들의 머리를 조준했다.

재현은 혹시 보이지 않는 곳에 오크들이 더 있을지 몰라 노움에게 더 있는지 확인시켜 보았다.

노움이 곧 그에게 보고해 주었다.

"일곱 마리가 전부예요."

"그래? 근방에도 다른 무리가 없는 게 확실하지?"

"네. 이곳은 저 한 무리가 전부예요."

그렇다면 다행이다. 일단 녀석들이 시끄럽게 소리쳐도 다른 무리들이 몰려오지 않는다는 소리였다.

애초에 시끄러운 폭포 소리 때문에 그 소리를 감지하기

어려울 것이다.

재현은 송수신기에 대고 사격을 명령했다. 찰리 팀이 신중히 녀석들을 향해 대괴수용 섬멸탄을 발사했다.

정확히 녀석들의 머리에 적중한 대괴수용 섬멸탄. 허나 빗나간 총알도 좀 되어 죽은 오크들은 고작 두 마리가 전부였다.

나머지는 완전히 빗나가거나 팔에 맞아 목숨이 붙어 있었다.

"취이이이익!"

갑작스러운 기습에 녀석들이 주변을 둘러보았다. 오크들은 곧 은폐해 있던 찰리 팀을 발견하고 달려오기 시작했다.

"찰리 팀, 뒤로 후퇴! 알파 팀이 사격!"

그의 명령이 하달되고 찰리 팀이 서둘러 뒤로 후퇴하고, 알파 팀이 길에 일제히 사격을 가했다.

사방에서 비처럼 쏟아지는 총탄에 녀석들의 몸에 구멍이 숭숭 뚫리며 하나둘 쓰러진다.

아무리 오크가 아무리 대괴수용탄에 잘 견딘다 하더라도 하더라도 B급 이상의 몬스터들에게 통하는 대괴수용 섬멸탄이 통했다.

그래도 가죽이 두꺼운 모양인지, 제대로 맞추지 않으면 튕겨져 나갔다.

녀석들이 전부 쓰러지자, 다들 사격을 중지했다.

재현은 조심스럽게 녀석들에게 다가가 살폈다.

"취이이…… 익!"

죽지 않는 녀석들이 있었다.

쏟아진 총탄에 제대로 움직일 수는 없지만 아직도 전투의지로 가득했다.

녀석들은 충혈된 눈으로 재현을 잔뜩 노려보고 있었다.

이 상황에서도 무기를 놓지 않은 것이 참으로 존경스럽다.

오크들을 괜히 몬스터 전사라고 말하는 것이 아닌 것 같았다.

재현은 숨이 붙어 있는 녀석들을 마저 처리했다.

재현은 폭포로 인해 던전 내에서 흐르는 물을 보며 운다인에게 물었다.

"운다인, 저 물 마실 수 있는 거야?"

운다인은 잠깐 눈짓을 하는 것만으로 마실 수 있는 것인지 아닌지 파악했다.

"응. 아주 깨끗한 지하수야. 마셔도 되는 물이야."

"다행이네."

보아하니 오크들은 더 깊은 곳에 있는 것 같았다.

재현은 일단 이곳을 임시 베이스로 삼기로 했다.

사십 명이 아니라 백 명 이상이 머물러도 될 정도로 넓은 공간이다.

오크들이 자주 찾는 곳은 아닌지, 발자국도 그리 많지 않았다.

무리에서 떨어져 행동하는 녀석들이거나 이상이 있는지 없는지 정찰하러 온 것으로 추정된다.

이곳이라면 안심할 수 있다고 판단했다. 그래도 방심은 금물.

자신의 판단이 잘못되었을 수도 있으니 다른 통로로 가는 곳에 함정과 바리케이드를 설치하는 치밀함을 보였다.

*　　　*　　　*

재현의 판단은 옳았다.

임시 베이스로 삼은 이곳은 몬스터들이 잘 찾아오지 않는 곳이었다.

혹시 몰라 보초를 세웠는데 몬스터가 일절 나타나지 않았다고 한다.

혹시나 해서 자이언트 모스키토를 이곳으로 유인하려고 하자, 녀석들이 갑자기 진로를 바꿔 돌아갔다.

무슨 이유인지는 모르지만 몬스터들에게 이곳은 그리

좋은 곳은 아닌 모양이다.

"세이브 존(Save Zone)인 모양이다."

"세이브 존이요?"

조환성은 이에 이곳의 존재를 확신하고 재현에게 말해주었다.

재현은 던전에 관한 사전을 읽다가 그를 바라보았다.

"던전을 돌다 보면 안전지대가 있는데, 이곳인 모양이다. 특정하게 뭔가 있다거나 그런 게 아니라 정해져 있는 것 같다."

"아무렇지도 않은데 왜 오지 않는 걸까요?"

"이유야 모르지. 여러 가지 추측만 있을 뿐이지. 몬스터들 입장에서는 똥통에 들어가는 것처럼 불쾌하게 여긴다거나, 신성하게 여긴다거나. 아니면 싫어하는 냄새가 난다거나."

재현은 사전을 뒤적여 세이브 존에 대해 찾아보았다.

세이브 존은 학계에서도 조사하고 있지만 딱히 특정 지을 단서도 없다는 설명이 적혀 있었다.

몬스터 안전지대라고 표시되어 있으며 던전 내부에 몇 개나 있을 수 있다고 한다.

"돌아다니다 보면 나올 수 있다는 거네요?"

"그렇지."

그래도 몬스터들이 침범을 아예 안 하는 게 아닌 터라 반드시 보초를 세워야 한다는 말을 했다.

베이스를 세우니 어느덧 점심시간이 다 되었다.

오후 1시까지 휴식을 취하고 이동하기로 하고, 재현도 가방에서 식량을 꺼냈다.

전투식량처럼 간편하게 먹거나 오랫동안 보관할 수 있는 것이었다. 다만 문제라면 비스킷이나 빵이 전부라는 것이다.

일단 배가 고프니 먹긴 먹지만, 다 먹었어도 배가 든든하지 않았다.

한국인은 밥심이라는 말이 괜히 있는 게 아니었다. 분명 밥을 먹었는데 간식을 먹은 것 같이 배가 허전하기만 했다.

다음에는 밥을 따로 챙기기로 하고 재현은 잠시 쉬기로 했다.

잠깐의 달콤한 휴식을 갖고, 1시가 되자 다시 이동하기로 했다.

미리 쳐 두었던 바리케이드를 치우고, 통로를 향해 걸었다.

지하로 내려가는 통로인 듯, 내리막길로 인해 다들 발걸음이 조심스러웠다.

경사가 심하지는 않았지만 울통불퉁한 곳이 많아 멍하

니 내려가면 넘어질 수 있었다.

그렇게 걷기를 삼십여 분. 곧 그의 눈에 뭔가가 포착되었다.

오크들이 모여 있는 거대한 공간.

군락 정도는 아니지만 오크들이 걸어 다니고 있었다.

땅바닥에는 다른 몬스터들의 시체도 발견되었다.

녀석들이 식사를 하는 곳인 것 같았다.

녀석들은 아직 이쪽을 발견하지 못하고, 식사를 하거나 주위를 정찰하듯 곳곳을 돌아다니고 있었다.

재현은 녀석들의 정확한 수를 알기 위해 노움을 시켰다.

노움은 곧 얼마나 더 있는지 확인했다.

"이곳에 있는 오크의 수는 70여 마리 정도 돼요."

"많군."

재현은 저것들을 어떻게 다 상대할까 고심했다.

한 무리를 격퇴시키는 건 일도 아니지만, 저만한 수가 몰려오면 조금 힘들겠다는 생각이 들었다.

마흔 명이 이동하고 있지만 그 수보다도 많다.

폭발물로 녀석들을 싹 쓸어버리는 것이 효과적이겠지만, 어느 정도 지능을 가진 녀석들이다.

아니, 지능이 낮은 녀석들이라도 습득 효과가 탁월한 것이 몬스터라는 녀석이다.

한 번 몰살당하면, 그 후로는 산개해 그 피해를 최소화할 것이다.

적절하게 상대하기 위해서는 최대한 수를 줄일 필요가 있었다.

그러기 위해서 재현은 조장들을 모아서 이를 의논했다.

"녀석들을 먹이로 유인하는 방법은요?"

"오크들의 틈으로 몰래 가서 그걸 놓아야 하는데, 녀석들은 후각이 좋아서 먹이를 들고 가는 순간 들킬 거다."

"그럼 녀석들에게 폭발물을 던지는 건요?"

"그러려면 녀석들을 그곳에 유인해야 하는데, 던진 사람은 위험부담이 크게 따를 수도 있다."

그 외에 조장들이 여러 의견을 냈지만 딱히 좋다고 생각되는 건 없었다. 전부 위험이 따르는 일이기 때문이다.

자신이 위험할 걸 뻔히 알면서 누가 나서겠는가.

때로는 위험을 감수해야 할 일이 있지만 이렇게 많은 인원 중 대담하게 자신이 하겠다고 나서는 이는 없을 것이다.

고민이 깊어지는 와중 그들의 침묵을 깨는 이가 있었다.

"저기……."

모두가 고민을 하고 있는 가운데, 노움이 조심스럽게 손을 들었다.

모두의 시선이 노움에게로 향하는 와중, 조용히 말했다.

"제가 하면…… 되지 않나요?"

노움의 말을 듣고 모두가 자신의 무릎을 때렸다.

"그런 방법이……!"

무식하면 몸이 고생한다고. 정작 계약자인 재현도 생각하지 못한 일이라 다들 멋쩍게 웃었다.

*　　　*　　　*

재현은 노움이면 누구도 위험을 무릅쓰지 않아도 된다는 걸 알고서 곧장 점착 폭탄들을 모았다.

재현은 노움에게 점착 폭탄을 건넸다.

"오크들에게 소리가 들리지 않게 조심스럽게 해 줘."

"걱정하지 마세요."

노움은 자신감을 표현하며 곧 폭발물을 들고 땅속으로 스며들었다.

노움이 폭발물을 설치하는 것은 어렵지 않았다.

땅속에 스며들어가 오크들 사이에 놓아두기만 하면 끝이다. 손가락만 까딱하면 언제든 폭발시킬 수 있는 것이 점착 폭탄이었다.

점착 폭탄이 설치되고, 노움이 재현의 곁으로 되돌아왔다.

재현은 노움에게 오크들이 먹을 먹이들을 주었다. 먹이는 다른 몬스터면 되었다.

위층에 돌아다니고 있는 몬스터들을 사냥해 점착 폭탄이 있는 곳 위에 올려두기만 하면 되었다.

"아마 이번 한 번밖에 사용하지 못할 거다."

조환성이 옆에서 이 전략이 통하는 건 한 번뿐이라고 말해 주었다.

그놈의 학습 능력.

이것이 실패한다면 더 이상 녀석들에게 이 방법이 통하지 않게 될 것이다.

무엇이든 조심할 테고, 신중하게 대처할 것이다.

하지만 이 한 번으로 오크들은 분명 큰 데미지를 입을 것이 분명하다.

녀석들의 군락에 얼마나 더 있는지 모르지만, 70마리를 한꺼번에 사냥하면 그만큼 부담이 크게 줄어들 것이기 때문이다.

군락에 아무리 많아 봤자 200마리.

70마리 이상을 잡는다는 건 반 정도 줄이고 시작한다고 봐도 무관했다.

이 정도만 해도 대만족이다. 숫자를 줄인다는 건 그만큼 유리한 상황을 만들 수 있다는 의미니까.

"다 놓아두고 왔어요."

노움이 모든 점착 폭탄 위에 먹이를 놓아두고, 재현에게 다시 돌아왔다.

재현은 노움의 머리를 쓰다듬어주며 녀석들의 움직임을 살펴본다.

오크들은 코를 벌름거리더니 곧 먹이에 모여들기 시작했다.

갑자기 죽은 몬스터들이 눈앞에 나타나니 조금 의심스러운 듯 쿡쿡 찔러 보았다.

한 녀석이 먹기 시작하자 곧 다른 녀석들도 입을 벌리며 먹이를 와구와구 먹었다.

얼마나 게걸스럽게 먹는지, 입 주변에 피가 묻어도 전혀 개의치 않는 모습이었다.

"이때다!"

재현이 신호를 주자 폭발을 준비하고 있던 헌터들이 일제히 폭발 버튼을 눌렀다.

콰아아아앙!

거대한 폭발음과 함께 녀석들이 모인 곳에 폭발이 일어났다. 녀석들은 순식간에 화염에 휩싸였다.

"취이이이익!"

폭발의 영향권에 조금 벗어나 있던 녀석들만 무사할 뿐, 대다수의 오크들이 폭발에 휘말려 쓰러졌다.

폭발에 휘말렸는데도 살아남은 녀석들은 결코 무사하지 못했다. 엄청난 화상을 입고 쓰러진 녀석들이 고통에 몸부림치고 있었다.

상반신이 없어지거나, 머리가 날아간 녀석들도 간간이 보였다.

좋은 광경은 아니었지만 이번 공격은 큰 성공을 거두었다.

70여 마리 중 절반 이상이 그 폭발에 휩쓸려 쓰러져 있었다.

녀석들이 갑작스러운 폭발에 당황해하며 우왕좌왕하고 있었다.

재현은 이때가 기회라고 생각했다. 그는 이 기회를 놓치지 않았다.

"일제 사격!"

순식간에 헌터들의 총구가 불을 뿜었다.

녀석들의 두꺼운 가죽조차 몸 깊숙이 파고드는 탄은 녀석들에게 매우 치명적이었다.

갑작스러운 공격에 더욱 우왕좌왕하는 녀석들. 하지만

녀석들이 당황해하는 것도 그리 오래가지 않았다.

자신들을 공격하는 인간들을 보기 무섭게 소리치며 달려들기 시작한 것이다.

재현은 달려오는 오크들 한가운데에다가 가지고 있던 점착 폭탄을 던져 폭발시켰다.

네 마리가 그 폭발에 휘말려 대지에 쓰러졌다.

하지만 몰려오고 있는 오크는 아직도 스무 마리가량 되었다.

이 정도면 충분히 해 볼 만하다고 생각했다.

녀석들이 달려오고 있는 곳은 길이 점점 좁아지는 곳이다.

달려들면 녀석들에게 매우 불리한 곳이기도 했다.

재현은 녀석들이 달려오기에 제한이 많이 따르는 곳으로 유인하고, 자신들은 화력을 집중할 수 있는 곳에 위치하고 있었다.

아무리 전술을 몰라도 전략 게임을 하면 누구나 알 수 있는 것이 바로 지형을 이용하는 것이다.

녀석들은 좁은 지형에 오기 무섭게 각개격파를 당했다. 한 마리에 쏟아지는 총알이 많아졌다.

집중사격을 하기에 유리해 녀석들이 추풍낙엽처럼 쓰러진다.

그래도 전투를 명예로 알고, 특화된 몬스터답게 총알이 빗발쳐도 밀물처럼 몰려왔다.

아직 남아 있는 몬스터는 열다섯 마리!

녀석들이 도착할 때 몇 마리만 와도 이쪽에 피해가 갈 수 있는 상황이었다.

재현은 녀석들이 오는 곳을 차단해야 할 필요성을 느끼는 즉시 행동했다.

"메타리엔, 아이언 월! 노움, 어스 월!"

재현이 만들어 낸 벽들은 방어용이 아닌, 녀석들의 이동 경로를 차단하기 위한 것이었다.

갑작스럽게 생긴 벽에 가로막혀 녀석들이 벽을 부수기 위해 무기를 휘둘렀다.

녀석들의 괴력이 얼마나 대단한지, 벽이 허물어지는 것은 금방이었다.

하지만 재현은 벽이 허물어지면 다시 만들고를 반복했다.

시간을 번 덕분에, 앞장서서 온 녀석들에게 집중적으로 화력을 집중할 수 있었다.

곧 앞장서서 오던 녀석들이 피를 흘리며 쓰러지고, 벽 뒤에 가로막힌 녀석들에게 화력을 쏟아부었다.

전투가 일어난 지 이십 여분.

결국 마지막으로 남은 한 녀석을 쓰러뜨림으로써 70여 마리의 오크를 전부 소탕할 수 있었다.

피를 흘리며 쓰러져 있는 녀석들 중 중상을 입고 간신히 숨만 붙어 있는 녀석도 있었다.

재현은 혹시나 하는 마음에 모든 오크를 확인 사살하라 명령했다.

확인 사살을 하는 것도 꽤 오래 걸리는 일이었지만 덕분에 무사히 사냥을 끝마칠 수 있었다.

"이걸 전부 옮기는 것도 꽤 오래 걸릴 것 같은데?"

다들 이 많은 오크를 어떻게 옮길까 고민이 깊어졌지만 그래도 나쁜 기분은 아니었다.

이 많은 수의 오크라면 마흔 명의 헌터에게 골고루 분배해도 남는 장사라고 생각한 것이다.

"자, 일단 뒷정리가 먼저입니다! 다들 힘내서 뒷정리를 하도록 하죠!"

재현의 외침에 다들 긍정하며 오크들의 시체를 한곳에 모아 두기 시작했다.

재현은 혹시 피 냄새와 화약 냄새를 맡고 몬스터들이 올 것을 대비해서 노움에게 부탁해 흙으로 주변을 덮는 일을 맡았다.

Chapter 07

오크 로드

오크들을 격파하고, 잠깐의 휴식 후, 다시 전진하는 마흔 명의 헌터들. 민간 헌터들은 재현의 지휘에 모두 잘 따라 주었다.

가끔 지휘력이 부족할 때도 있었지만, 옆에서 조환성이 참모 역할을 해 준 덕분에 그들도 안심하고 지휘를 따를 수 있었다.

거기다 재현은 놀기만 하지 않고, 오히려 앞장서서 오크들을 궁지에 몰아넣거나, 싸우기도 했다.

가끔 무모하다고 할 정도로 오크들 사이를 파고드는 재현을 볼 때마다 식겁하기도 했지만, 그는 요리조리 잘 피해 가며 아무런 탈 없이 돌아왔다.

지형을 최대한 이용하고, 석연치 않은 곳은 가지 않은 덕분에 비교적 원활히 던전을 돌아다닐 수 있었다.

"잡은 몬스터의 수는 지금까지 120여 마리가 넘는다."

오늘 사냥한 수를 파악한 조환성은 재현에게 얼마나 좋은 성과를 냈는지 말해 주었다.

오늘 처음 지휘를 하면서도 꽤 좋은 성적이었다.

"음…… 얼마나 옮겼죠?"

"지금 총 마흔 마리 정도 옮겼다. 아무래도 인원이나 장비가 제한되다 보니 옮길 수 있는 양도 적을 수밖에."

아직 부패하거나 하지 않았지만 최대한 옮기는 것이 좋은 방법이다.

"운반업자들을 호위하는 형식으로 데리고 오는 건 어때요?"

"그것도 좋은 방법이지. 하지만 던전 안으로 들어오고 싶어 하는 사람이 있을지 모르겠구나."

"그럼 그 운반업자한테 추가 비용을 주기로 하는 형식으로 상부에 말해 보도록 하죠."

어차피 헌터들이 호위도 해 주겠다, 추가 비용도 받을 수 있을 테니 어렵지 않게 모을 수 있을 것이다.

재현은 상부에서 준 무전기로 이 일을 말했다.

상부에서는 금방 승낙해 주었고, 바로 연락하겠다고 한다.

일루전 컴퍼니 남아프리카 공화국 지부의 헌터들을 더 끌어모으는 건 어렵지 않은 문제다. 아마 일은 일사천리로 진행될 것이다.

"이번 사냥으로 남은 폭발물의 수는요?"

"점착 폭탄 열두 개와 수류탄 네 개가 전부다."

"대괴수용 섬멸탄은요?"

"평균적으로 탄창 한 개를 싹 비웠다. 아직 남아 있는 수도 좀 되니까 걱정할 건 없어 보인다."

이번 사냥에 폭탄과 탄을 좀 많이 사용한 감이 없잖아 있었다. 혹시 만일의 사태에 대비해 좀 지나치게 사용한 감도 없잖아 있긴 했다.

그 덕분에 꽤 많은 수의 오크들을 잡을 수 있었지만, 남아 있는 폭발물을 보니 좀 더 보급할까도 생각이 들었다.

"보급은 계속해 주겠다고 했죠?"

"그래. 정 오지 않으면 몇 명을 선발해서 올려 보내서 가지고 오는 것도 괜찮을 거라 생각한다."

그렇게 여러 보고를 받고, 결정한 후, 재현은 기지개를 켰다.

"그럼 일은 끝난 거죠?"

"일단은 그렇다."

"후우. 다행이네요."

재현은 이제 좀 쉴 수 있다는 생각으로 휴식을 취했다.

돌다리도 두드려 보는 신중함과 필요할 때면 발휘되는 추진력과 행동력은 이번 사냥에 큰 성과를 냈다.

또한 다른 이의 의견도 적극 수렴할 줄 알면서도, 아니다 싶은 것은 왜 안 되는지 설명하는 자세는 모든 이의 이상적인 지휘관이라고 볼 수 있었다.

지휘를 처음 하는 사람이 맞나 싶을 정도로 적절한 선택은 모든 이에게 귀감이 되고 있었다.

조장들도 그를 보면서 느끼는 것이 많았다.

그러나 정작 그는 속으로 불평을 토하고 있었다.

'힘들어 죽겠네! 무슨 어린애야? 자기들이 할 수 있는 걸 굳이 이것저것 나한테 물어보고. 여기저기서 불평하면 그 이유를 설명해야 하고. 아오!'

가끔 기분 나쁘게 말하는 이들도 있는데, 성격 같아서는 확 화내고 싶은 것을 꾹꾹 참는 재현이었다.

말싸움까지 번지면 팀 내부에서 불화가 일어날 수 있기 때문에 최대한 성격을 죽이고 있는 재현.

덕분에 스트레스가 이만저만이 아니었다.

재현도 인간이기에 스트레스가 쌓이면 그 스트레스를 풀어야 한다.

그 스트레스를 몬스터에게 풀고 있긴 하지만 아무래도 부족한 건 사실이다.

최대한 티를 내지 않고 있는 것만 하더라도 충분히 노력하고 있다고 볼 수 있다.

이번에는 좀 오랜 시간 휴식을 취하고서 다시 안으로 들어갔다.

이동하면서 중간중간 오크들이 튀어나왔지만, 한 무리씩만 덤벼 사냥이 어렵지는 않았다.

노움 덕분에 조기에 오크들이 있는 것을 알 수 있었기 때문에 기습할 것을 미리 알아 혼란이 오지 않았다.

몇 차례 사냥 후, 어느 정도 시간이 지났다.

오늘 사냥은 여기까지 하도록 하고 사냥한 오크들을 세이프 존까지 옮겼다.

＊　　　＊　　　＊

운반업자들이 들어와 몬스터들을 옮기는 건 어렵지 않았다.

상부에 오늘 사냥한 몬스터의 수를 말하니 한 번에 옮

길 장비와 운반업자들을 보냈기 때문이다.

또 그들을 이용해 보급품도 함께 받을 수 있었다.

상부에서 보낸 개수가 맞는지 확인까지 마쳤다.

혹시 누가 몰래 빼돌릴 수 있다고 생각했기 때문이다.

다행히 개수는 정확했고, 어제 폭발물을 쓴 헌터들에게 골고루 나눠 주었다.

운반업자들이 오니 탑처럼 쌓아 놓았던 몬스터들을 금방 던전 밖으로 보낼 수 있었다.

충분한 휴식과 취침을 하고서 이튿날, 아침 일찍 재현은 마흔 명의 헌터들과 함께 다시 사냥을 개시했다.

오크 몇 무리가 리젠은 됐지만 어제보다 숫자가 확연히 줄어 있었다.

삼십여 마리가 그들을 반겼다.

다섯 무리 정도. 사냥은 그다지 어렵지 않았다.

어제보다 조금 더 교묘한 방법을 써서 녀석들을 유인하고, 폭발시켜 전부 몰살시켰다.

폭발 반경과 가까운 녀석들에게서 쓸 만한 가죽은 거의 구하기 힘들었지만 수정체나 수정체 가루의 질이 워낙 좋아 결코 손해를 보는 장사는 아니었다.

다시 운반업자들이 나를 수 있도록 세이프 존에 옮긴 후, 어제보다 더욱 깊숙이 전진했다.

전날보다 확연히 줄어든 몬스터의 숫자들이 그들에게 덤벼들었다.

숫자가 적으면 적을수록 사냥은 더욱 수월하다.

마흔 명이 일제히 쏟아 내는 총알로 녀석들이 근처까지 와 보지도 못하고 쓰러졌다.

그렇게 한참을 전진하니 어느덧 다른 층으로 내려가는 계단을 발견할 수 있었다.

"내려가 보도록 하죠."

재현이 앞장서며 내려갔다.

헌터들도 그의 뒤를 따라 이동하였고, 계단을 내려오자마자 시끄러운 소리가 들려오기 시작했다.

깡! 깡!

"취이익! 취이익!"

오크 특유의 바람 빠지는 소리와 함께 쇠끼리 부딪치는 소리.

재현이 일단 정지 수신호를 내리고 대기하도록 했다.

그는 노움을 보내 녀석들이 무엇을 하고 있는 건지 확인하도록 했다.

노움이 오기까지 대략 10분 정도 걸렸다.

정찰을 마친 노움은 곧 재현에게 말해 주었다.

"오크의 군락이에요."

"드디어 발견했군."

재현의 얼굴에 미소가 드리워진 것도 잠시.

노움은 흙을 조종해 모래성을 쌓는 것처럼 상세한 지형을 만들었다.

작은 지도가 만들어지고 노움은 손가락으로 가리키며 상세히 설명해 주었다.

"군락은 오르막길 위에 있고, 사람이 숨을 정도의 지형지물도 없어요. 경계도 꽤 삼엄해서 통로에서 나오면 분명 들킬 거예요."

조장들은 물론이고 재현도 침음했다.

이쪽에서 먼저 존재를 드러내야 한다는 것이다.

오크들을 상대로 이기려면 기습을 하여 혼란을 주는 것이 승률을 높이는 방법이다.

무엇보다 존재를 드러내고 싸우는 건 어리석은 일이다.

"노움. 우회해서 갈 공간은 따로 없어?"

"없었어요. 이곳저곳 살펴보았지만 꽉 막혀 있어요."

"그럼 굴을 파서 녀석들에게 기습을 하는 건?"

"이곳은 위층과 다르게 지반이 약해서 굴을 파서 기습하는 것도 불가능해요. 폭발물도 조심스럽게 사용해야 할 거예요."

참 힘들겠다고 재현은 생각했다.

"이만 물러가도록 하죠. 작전을 세워야 할 것 같아요."

다들 동의하듯 고개를 끄덕이며 다시 세이프 존으로 발길을 돌렸다.

* * *

녀석들의 군락도 발견했겠다, 재현은 세이프 존에 돌아와 조장들과 함께 작전 회의를 하는 중이다.

노움은 세세한 부분도 놓치지 않고, 녀석들의 군락 지형을 흙으로 만들었다.

덕분에 지도가 딱히 필요가 없었고, 너무도 상세해 회의할 때 용이했다.

물론 한국어를 모르는 조장이 대부분인 터라 재현은 아일린에게 통역을 해 달라 부탁했다.

자신의 말도 전달되지 않고, 말할 실력도 되지 않으니 믿을 건 아일린밖에 없었다.

재현은 막대기 하나를 들고 한곳을 가리켰다.

"이곳이 계단이 있는 통로입니다. 그리고 이곳이 오크의 군락이죠. 군락의 규모를 봤을 때 최소 100여 마리는 생활할 수 있는 공간입니다만, 노움의 말에 따르면 80여 마리 정도만 있다고 합니다."

어제의 사냥으로 인해 전체적인 오크들의 숫자를 많이 줄일 수 있었던 것 같았다.

반 정도를 줄였으니 그나마 다행이지만, 문제라면 그 때문에 경계가 삼엄하다는 것이다.

이상 징후를 느끼고 당장이라도 위층으로 올라올 기세라고 한다.

아무리 위치를 잘 잡아도 저만한 숫자를 감당하기에는 역부족이다.

큰 피해를 입힐 수 있어도 까딱 잘못하면 이쪽이 전멸할 수 있는 것이다.

"어차피 화력으로 찍어 누르면 되잖아! 화력만 보면 비등비등할 것 같은데 그냥 쳐들어가자고!"

"맥스는 조용히 해 주세요. 말도 안 되는 소리도 하지 마시고요."

그래도 나름 베테랑이라 조장을 맡게 했다.

재현이 알아본바, 맥스는 소규모의 파티에서는 탁월한 지휘력이 있었지만, 열 명 이상에서는 여러 가지로 부족하다고 한다.

기본적인 전술은 알아도 이런 중규모의 지휘는 별로 못한다는 것이다.

인원 편성도 엉망이고, 만일 상황이 악화되면 최소 인

원을 희생시키는 게 다반사라고 한다.

이런 사람이 조장을 맡고 있으니 일루전 컴퍼니도 문제라면 문제다.

맥스는 그의 말에 항의하듯 언성을 높였다.

"말도 안 되긴 뭐가 안 돼? 오직 근접전만 하는 녀석들이 대괴수용 섬멸탄을 뚫을 수 있을 리가 없잖아! 옛날 2차 대전 때 일본 제국이 반자이 돌격하는 것과 비슷하다고! 아무리 녀석들이 고지에 있다고 해도 몸을 드러내면 우리가 멀리서 쏠 수 있으니 유리해!"

"어휴."

재현은 한심하다는 듯 한숨을 내쉬었다.

그러자 맥스의 눈썹이 씰룩거렸다. 자신을 무시하고 있다는 걸 안 것이다.

"그래, 다들 열심히 해 보라고! 난 이 원정을 여기서 그만두겠어. 승기를 잡았을 때 소심하게 천천히 전진하는 것도 문제고! 사기가 커졌을 때를 이용도 못 하는 녀석이 어디 지휘관이야?"

그 말에 재현이 황당한 표정을 지었다.

저 말에 공감하는 사람이 있을지 모르겠지만, 이곳에 있는 조장들은 최소한 맥스의 말에 공감하는 것 같지는 않았다.

이 정도면 이곳의 누구보다 잘 지휘했다고 판단하는 것이 조장들이다.

부족한 점은 확실히 보이긴 했지만, 아무리 뛰어난 지휘관이라도 부족한 점은 반드시 있기 마련이다.

전체적인 상황을 봤을 때, 재현은 처음 하는 것임에도 아주 잘하고 있다.

전투가 일어나면 부지런히 지휘하면서 누군가 위험하다 싶을 때는 자신이 나서서 싸우기도 한다.

벌써 재현 덕분에 목숨을 구한 사람이 셋이나 되었다.

다른 사람이었다면 그 세 명도 구하지 못하고 당했을 거다.

여기까지 진군해 오면서 낙오자나 부상자가 없다는 것은, 재현의 지휘력이 그만큼 뛰어나다는 뜻이었다.

"맥스. 그만해. 아무도 네 말에 긍정하지 않고 있어."

통역을 하던 아일린이 더는 못 들어 주겠다는 듯 단칼에 자르려 했지만, 맥스는 그 말에 주위를 둘러볼 수 있었다.

아무도 자신의 편이 아니라는 것을 눈치챘다.

그의 얼굴이 붉으락푸르락 변했다.

"그래, 어디 한번 할 테면 해 봐! 난 원정을 포기하겠어!"

기간이 만료되지도 않았는데 포기하는 것은 불이익을 감수하겠다는 말이었다.

그가 왜 이러는지는 모르지만, 확실한 건 그러건 말건 아무도 상관하지 않는다는 것이다.

오히려 몇몇은 그가 사라지는 게 이곳에 도움이 되리라고 생각하고 있었다.

오크를 처음 발견하고 장비도 제대로 챙겨 오지 않았는데 총질할 때부터 그런 생각을 갖고 있었다.

하지만 그가 사라지면 약간의 문제가 발생했다.

한 명 정도야 상관은 없지만, 그의 파티도 분명 빠질 게 뻔하기 때문이다.

원정은 개인이 아니라 파티를 이루며 참가하는 게 일반적이다.

당연하지만 그가 빠지면 자연스럽게 그의 파티에 속하던 이들도 빠져야 한다는 것.

그의 파티원들은 전방에서 활약을 하고 있는 터라 빠지면 곤란했다.

다른 이를 대처하려면 시간이 걸릴 것이고, 그만큼 오크 사냥에 시간이 더 걸릴 수밖에 없었다. 재현은 그를 극구 말렸다.

"생각을 더 해 보세요."

"흥! 아무도 날 원하지 않는 것 같은데. 넌 좀 다르군."

이걸 노렸다는 듯 맥스가 기고만장한 표정을 지었다.

자신의 파티가 얼마나 활약하고 있는지 잘 아는 맥스는 이를 잘 이용하고 있는 것이다.

재현도 썩 내키지는 않지만 생각해 봤을 때 그가 빠지는 게 꼭 이익만 있는 것이 아님을 생각했다.

균형 있게 짠 것이 이럴 때 독이 될 줄은 꿈에도 몰랐다. 설마 치사하게 이렇게 나올 줄도 몰랐고 말이다.

"무슨 생각으로 그런 말을 한 건지 모르지만 일단 들어보도록 하죠. 말은 끝까지 들어 봐야 하는 거니까요."

일단 그가 좋은 생각을 가지고 있으니 이리 자신만만하게 말했을 거라 생각하고 물었다.

정말 생각 없이 돌격하는 녀석들을 막자고 한 것이면 들어 볼 가치도 없다. 어차피 지휘관의 재량이다. 모든 작전을 결정하는 것은 재현이다.

"그래, 잘 생각했어. 하여간 말을 끝까지 들어 보지도 않고 거절부터 하는 녀석들이 있다니깐."

맥스가 조롱하듯 그들에게 웃어 보이며 자신이 생각했던 바를 말했다.

"녀석들은 근접전만 한다고 내가 말했지?"

"예."

"이유는 모르지만 오크들은 활을 쓰지 않는다. 총을 얻어도 마찬가지지. 멀리서 공격하는 걸 비겁하다고 여기는 건지 모르지만 그게 우리에게는 좋은 일이다."

차근차근 오크에 대해 설명하는 맥스. 재현은 그의 말에 경청했다.

"일부러 시끄럽게 해서 녀석들이 우리 존재를 알게 한다. 그럼 당연히 몰려올 테고, 우린 통로로 도망치는 거지. 통로에 미리 함정을 설치해 깊이 들어온 녀석들을 빠뜨린다. 그리고 살아남은 녀석들은 좁은 공간을 활용해 녀석들을 격파하는 거지."

몇몇이 그의 말에 약간의 긍정을 나타내고 있었다.

확실히 그 방법이 가장 괜찮은 것 같았다. 하지만 재현은 깊이 생각하다가 고개를 저었다.

"괜찮은 방법 같지만, 전 그리 좋은 방법이 아니라고 생각해요."

"어째서지?"

이것 말고 더 기가 막힌 방법은 없다고 확신하던 맥스는 기분이 나쁘다는 것을 숨기지 않고 얼굴을 구기며 그를 노려보았다.

재현은 손가락 하나를 펼치며 그 이유를 말해 주었다.

"첫째. 오크들이 달려오는 속도를 살펴본바, 인간보다

빠라요. 그 덩치에 그 스피드. 분명 도망가다가 금방 따라잡힐 거예요."

오크들이 칼질하거나 하는 건 보지 못했지만, 달려오는 걸 본 재현은 녀석들이 얼마나 빠른지 알았다.

재현이 전력 질주를 하는 것보다도 빨랐다.

녀석들을 피해 계단을 올라가면 달리는 속도도 현저히 느려지고 금방 지칠 것이다.

오크는 인간보다 체력도 좋다. 오히려 희생이 많이 나올 것이다.

재현은 손가락 하나를 더 펼쳤다.

"둘째. 좁은 통로에 함정을 설치하는 건 좋지만, 미처 빠져나오지 못한 헌터들이 같이 휘말릴 수 있어요. 녀석들의 스피드로 따지면 한 명쯤은 붙잡혀 있겠죠."

그리고 그는 손가락 하나를 또 펼쳤다.

"마지막으로 셋째. 희생이 불가피할 때도 있겠지만 대놓고 희생을 내는 그런 작전은 제가 허가할 수 없어요. 안 내도 되는 희생을 굳이 내겠다는 걸 납득하기도 어렵고요."

"원래 작전이란 게 완벽할 수 없는 거 아닌가? 희생이 불가피한 일은 언제든지 올 수 있지. 의도치 않게 희생이 따르는 경우도 셀 수 없이 볼 수 있고."

오히려 희생 없이 던전을 돌아다니는 것 자체가 말이 안 되는 것이다.

C급 이하의 던전이나 그것이 가능하지, B급부터는 단 한 명의 희생 없이 돌기란 불가능했다.

서로의 의견이 좁혀지지 않자, 서로 으르렁거리듯 바라보았다.

맥스는 자신이 생각할 수 있는 최선의 작전에서 희생을 강요할 수밖에 없는 작전을 생각한 것이지만, 재현은 희생을 강요하는 그것이 싫었다.

죽음이란 공포가 얼마나 무서운지 헌터를 하면서 깨달은 그다.

자신이 살겠다고 다른 이를 죽이게 작전을 생각하는 건 말도 안 되는 일이다.

자기 자식 귀한 줄 알면 남의 자식도 귀한 줄 알아야 하는 법이다.

자기 목숨 소중한 줄은 알면서 남의 목숨을 쉽게 보는 건 재현이 용납할 수 없었다.

"그럼 이렇게 하죠. 맥스가 앞장서시고 후퇴할 때 맨 뒤에서 이끄세요. 오크가 오면 당연히 막으시고요."

"뭐, 뭐?! 나 조장이야, 조장! 조장이 그런 위험한 일을 하면 팀 하나가 금방 붕괴돼! 세상에 조장이 그런 위험한 일을 하는 게 어디 있어?"

사람이 참 약아빠졌다.

조장이라고 위험한 일을 하면 안 된다는 식으로 말하다니.

조환성과 같이 사냥했으면 그 말도 쏙 들어갈 것이다.

언제나 전방에서 방패 하나만 들고 싸우면서 호신용 권총만 차고 지휘하는 조환성이다.

쭉 그와 같이 파티를 하면서 이를 본 재현은 맥스의 말이 어불성설이라고 당당히 말할 수 있었다.

조환성이 그렇게 한다고 하면 분명 그놈이 특별한 거라고 말하고 말을 돌릴 거라는 생각이 들었다.

이번 기회에 말이 쏙 들어가게 해 줘야 한다고 판단했다.

자기 멋대로 행동하려는 이에게는 논리적인 말도 필요 없다.

궁지로 몰아가면 될 일이다. 자신이 한 말에 후회하도록 말이다.

"그럼 조원으로 강등시키고 새로운 조장을 뽑도록 하면 가능하다는 말씀이군요?"

"……."

그 말에 맥스가 꿀 먹은 벙어리가 되어 버렸다.

더 이상 할 말이 없게 되자 자리에 주저앉은 맥스.

불이익을 감수하더라도 정말 원정을 포기할 것 같이 굴었던 것도 다 허세였다는 걸 알 수 있었다.

그래도 알량한 자존심은 있었던 건지 뒷말을 덧붙였다.

"그럼 다른 방법이 있나? 함정에 빠뜨리는 것 말고 방법은 없어 보이는데."

다른 방법은 어떻게든 나오지 않을까, 라고 생각할 정도로 낙천적이지 않은 재현이다.

이건 정말 고민해야 할 일이다.

그 때문에 이렇게 회의를 하는 것이기도 하고 말이다.

"그러니까 맥스가 조원으로 되어서 이끌면 하겠다니까요?"

"……."

그런 알량한 자존심마저 쏙 들어가게 만든 재현.

더 이상 말하지 않는 걸 보고 자신의 의견을 더 이상 몰아붙일 수 없다고 판단했다고 보고, 재현은 다른 방책을 생각하기로 했다.

맥스의 작전은 상황에 따라 생각해 볼 것이기도 하지만, 희생이 많을 것을 알고 버젓이 실행하기에는 무리가 있어 보였다.

자신이 생각한 것보다 희생을 더 많이 낼 수도 있고,

조금이라도 잘못하면 전멸할 수도 있다.

가장 비극적인 것은 산 채로 녀석들에게 먹히는 일이다.

'확실히 통로로 유인시키는 게 합리적인 방법인 것 같긴 한데……..'

일부러 소리를 내기에는 무리가 있다.

그럼 정령을 이용해 볼까 생각했지만, 그 후가 문제다.

통로를 막아 일부 오크들을 소탕해도, 군락에 남아 있는 오크들이 터널을 뚫는 즉시 공격하면 무방비하게 공격에 노출될 수밖에 없다.

이래저래 고민을 하는 가운데, 재현은 문득 굳이 통로에 이를 실행할 필요가 있나 싶었다.

그 생각을 하기 무섭게 여러 작전이 재현의 머리에 떠올랐다. 그중 가장 좋은 방법을 골라내고, 추가했다. 그리고 이 작전이면 괜찮다! 라는 확신이 서자 그의 얼굴에 미소가 떠올랐다.

"맥스가 통로에 함정을 설치하자고 한 덕분에 좋은 생각이 떠올랐어요. 제가 기가 막힌 작전을 떠올렸는데, 들어 보시겠어요?"

재현의 말에 다들 궁금하다는 듯 그를 바라보았다.

맥스는 어리둥절한 표정이었지만 자신의 말에 영감을

받았다고 하니 의기양양했다.

그는 주위를 둘러보며 씩 웃어 보였다.

*　　　*　　　*

재현이 작전을 세우고, 부족한 것은 조장들이 의견을
내어 추가하고 삭제하는 일을 하자 어느 정도 작전의 가
닥이 세워졌다.

모두가 납득할 수 있고, 잘하면 희생 없이 일이 처리될
거란 자신감도 얻을 수 있었다.

다들 오크 소탕 준비를 마치고, 통로로 진입해서 계단
을 내려갔다. 하지만 녀석들이 보이지 않는 곳까지 내려
가지 않고, 대기했다.

"설치가 끝났어요."

곳곳에 폭발물의 설치를 마친 노움이 쏙 튀어나왔다.

"잘했어. 오크들은 군락에 있지?"

"예. 전부 다 군락에서 돌아다니고 있어요."

재현은 노움의 머리를 쓰다듬으며 정령들에게 텔레파
시를 보냈다.

'얘들아, 준비됐지?'

[응. 언제든 말해.]

[맡겨만 둬!]

[졸려…… 이거 끝내고 잘 거야…….]

다들 나름대로 자신감을 나타내고 있는 것 같았다.

메타리엔은 졸린 목소리 그대로 전달되었지만, 함께한 날이 꽤 된다.

자신감이 있으니 여유롭게 말하고 있는 것이라 판단했다.

상황이 급박하게 돌아가면 잠이 많기로 유명한 천하의 메타리엔이라도 졸린 목소리를 내지 않았다.

재현이 정령들에게 명령을 내렸다.

'그럼 지금! 요란하게 해 줘!'

그 순간, 물소리와 번개가 치는 소리가 요란하게 울리기 시작했다.

오크 특유의 바람 빠지는 외침도 같이 울려 퍼졌다.

갑작스러운 기습에 당황해하는 듯 일사불란한 움직임도 들려왔다.

정령력이 빠져나가는 걸 느끼며 꽤 치열하게 끌어모으고 있다는 걸 느꼈다.

한동안 정령력이 빠져나가자, 운다인에게서 텔레파시가 왔다.

[재현아, 지금이야!]

텔레파시가 오기 무섭게 재현이 손을 거세게 내렸다.

그 수신호와 함께 일제히 버튼을 누르는 헌터들.

콰과과과광!

연달아 폭발이 일어나고, 재현은 황급히 정령들을 역소환했다.

갑작스러운 폭발에 사방이 크게 진동했다.

지진이라도 난 것처럼 던전이 흔들리더니 폭포가 흐르는 것 같은 소리가 오크들의 비명 소리와 함께 울려 퍼졌다.

소리가 잦아지자 재현이 역소환했던 정령들을 다시 소환했다.

오크들 한가운데에서 요란스럽게 했던 정령들은 고스란히 재현의 옆에 소환이 되었다.

그는 수신호로 전진 명령을 내렸다.

재현이 앞장서고, 뒤이어 헌터들이 재빠르게 통로 밖으로 나와 주위를 경계한다.

통로로 나오니 흙먼지가 주위를 가득 메워 보이질 않았다. 2미터 앞도 볼 수 없을 정도로 뿌옇다.

바람이 불지 않는 공간이다 보니 흙먼지는 가라앉을 생각도 하지 않았다.

"노움, 흙먼지를 걷어 줘."

"네, 알았어요."

노움이 흙먼지들을 조종해 땅에 내려놓았다.

흙먼지가 걷히는 건 순식간이었다.

흙먼지가 걷히자, 녀석들의 군락이 사라졌다. 보이는 것은 거대한 언덕뿐이다.

지반이 약하다고 노움이 얼마 전에 말을 했었다.

재현은 그 말을 떠올리고, 이를 활용한 것이다.

폭발물 사용이 제한되는 곳에 일부러 폭탄을 심어 두고, 오크들을 매몰시킨다!

내려앉은 천장으로 인해 대부분의 오크가 매장될 것이고, 운이 좋이 살아남는 오크들이 있다면 섬멸하겠다는 것이 재현의 계획이었다.

그러기 위해서 최대한 오크들을 모아야 했는데, 정령으로 하여금 이를 실현시켰다.

파묻힌 녀석들은 죽을 때까지 기다렸다가 노움이 확인하여 파내기만 하면 되는 일이었다.

지하라서 그런지 몰라도 노움의 활약이 눈부셨다.

노움이 지상에서는 큰 힘을 쓰지 못하지만, 지하에서만큼 노움만 한 정령이 없었다.

애매하다?

아니다.

노움은 지하에서 그 어떤 정령도 따라올 수 없을 만큼 강한 힘을 지니고 있다.

그곳이 지하라면 그 어떤 불리한 상황에서도 유리하게 만들 수 있는 카드가 노움인 것이다.

화려하게 저질렀다. 천장은 금속 부분만 빼고 흙더미들이 싹 가라앉았다.

"매몰시키자는 맥스의 말이 아니었으면 이런 방법도 생각하지 못했을 거예요. 전에 무시하듯 말한 건 죄송해요."

"크, 크흠! 뭘 그런 것 가지고. 난 쿨가이라고. 마음에 담아 두지 않으니까 걱정 말라고."

자신 덕분에 이리되었다고 말하니 더욱 의기양양해져서는 가슴을 쭉 펴는 맥스.

재현은 터지려는 웃음을 참아 내고 언덕 위에서 들려오는 소리에 집중했다.

대부분이 파묻혔지만 빠져나온 오크들도 있었고, 파묻히지 않은 오크들이 분노한 듯 울어 댔다.

한 오크가 이쪽을 내려다보며 크게 울고 있었다. 꽤 열을 받게 한 모양이라고 생각했다.

"저 덩치 큰 오크는 조심하라고! 일반 오크들과 다른 녀석이다!"

그 순간.

"크아아아아!"

녀석의 쩌렁쩌렁한 울림이 던전 가득 울려 퍼졌다.

녀석의 우레와 같은 소리가 고막까지 강타했다.

한 생명체가 어떻게 저런 소리를 낼 수 있는지 의아할
정도였다.

총성이 바로 귓가에 울린 것과 같은 큰 소리에 다들 귀
를 틀어막았다.

재현은 녀석을 향해 레이저를 쐈다. 그리고 곧 녀석의
정보가 킵보이에 홀로그램으로 나타났다.

　　이름: 오크 로드

　　종류: 오크과

　　등급: B

　　-오크를 지휘하는 총대장이다. 지능은 인간과 비슷
하며 힘도 오크들보다 훨씬 세다. 부락의 오크들은 오
크 로드의 명령을 받아 움직인다. 강력한 힘으로 적을
찍어 누르며 한 번 적으로 인식한 상대는 둘 중 하나가
죽을 때까지 절대 전투를 멈추지 않는다. 싸움은 오크
의 숙명이자 명예로 알고 있으며 우두머리는 전투에 대
한 집념이 더욱 강하다. 트롤조차 혼자서 비등하게 싸

울 수 있을 정도로 강한 힘을 보유하고 있다. 강자와 싸우는 걸 즐기며 우두머리를 찾는 데 뛰어난 감을 가지고 있다. (Tip. 녀석에게 지목되면 둘 중 하나가 죽을 때까지 싸움을 해야 하니 되도록 위험을 피하라.)

B급 몬스터, 오크 로드!

녀석은 다른 오크들에 비해 덩치와 키가 컸고, 근육도 탄탄해 보였으며 들고 있는 무기조차 번질거리고 있었다.

방어구는 착용하지 않았지만 차이점이라면 흙먼지가 묻은 망토를 하고 있다는 것이다.

나름대로 멋을 낸 것 같은 모양새였다.

'트롤조차 혼자 비등하게 싸울 수 있을 정도라…….'

트롤을 실제로 본 것은 설악산 몬스터 준동 때가 전부다.

싸우는 것은 보지 못했지만 키도 크고 덩치도 산만 해 위압감부터 드는 무서운 녀석이다.

게다가 녀석의 피는 포션으로 만들어지는 원자재이다.

그만큼 체력 회복이 빠른데 그런 녀석을 상대로 비등하게 싸울 전력이라니.

재현은 오크 로드의 정보를 보며 침음할 수밖에 없었다.

C급 몬스터들 중에서도 정점에 있는 몬스터가 오크다.

그런 오크들 중에서도 가장 강력한 몬스터라니.

실제로 싸우는 걸 본 적은 없지만 등급이나 설명만 봐도 괴물 같은 녀석이라고 판단할 수 있었다.

녀석의 몸에 흙먼지가 가득한 걸 보면 다른 오크들처럼 매몰되기는 했지만 어떻게든 빠져나온 것 같았다.

재현은 아깝다고 생각했다.

녀석까지 완벽히 흙에 매몰되었으면 남은 잔당을 쉽게 처리할 수 있었을 텐데 말이다.

"근데 저 녀석. 나만 뚫어지게 보는 것 같은데……."

녀석의 시선이 매우 따갑다.

혹시나 싶어 조금씩 옆으로 이동하니 녀석의 얼굴도 조금씩 이동한다. 자신을 노려보는 게 맞았다.

"……아무래도 제대로 찍힌 모양인데."

착각이 아니었다. 녀석은 정확히 재현을 노려보고 있었다.

인간 중 우두머리를 찾다가 재현이 가장 강하다고 느낀 것 같았다.

강자는 곧 우두머리.

인간들은 꼭 힘이 세다고 지휘관이 되는 건 아니지만 녀석들은 힘을 최고로 알고 있다.

하필이면 녀석에게 찍혔다.

확실히 헌터들 중 가장 강한 사람이 재현이 맞긴 하지만, B급 몬스터인 오크 로드를 이길 수 있을지 확신이 서지 않았다.

'어떻게 하지?'

솔직히 말하자면 B급 몬스터를 상대하기에는 아직 이르다는 생각이 들었다.

굳이 위험을 무릅쓸 정도로 재현은 어리석지 않지만, 녀석이 완전히 타깃으로 삼아 버렸다. 이것은 주의해야 할 일이었다.

지금 당장 덤벼들 기색은 보이지 않았다.

이쪽이 준비가 될 때까지 기다려 주겠다는 듯 보였다.

녀석은 준비 만반의 상태.

재현은 이대로 도망칠까 생각했지만, 이미 녀석이 자신을 찍은 이상 도망치기 어렵다고 판단했다.

녀석이 덩치는 커도 다른 오크들에 비해 훨씬 말랐다.

더 날래고 강한 녀석 같았다.

일반 오크들을 상대로 도망치기도 버거울 텐데 오크 로드를 상대로 도망치는 건 불가능에 가까워 보였다.

몬스터 헌터를 타고 있었으면 해 볼 만했겠지만, 없는 이상 어쩔 수 없었다.

'싸워야겠지?'

재현이 심호흡을 하며 조환성을 바라보았다.

아마 오크 로드와의 싸움이 시작되면 다른 헌터들을 지휘하기 힘들 것이다.

조환성 정도라면 이 많은 헌터들을 통솔할 수 있을 거라 판단했다.

"아일린, 통역 부탁해요."

아일린이 고개를 끄덕이고 재현이 소리쳤다.

"지금부터 제 참모인 조환성에게 작전권을 맡기겠습니다!"

그의 말은 아일린의 입을 통해 영어로 통역된다.

통역을 하면서 의아해하는 그녀지만, 오크 로드를 보고 그가 왜 이런 결정을 내렸는지 깨달았다.

녀석들은 아마 누군가가 끝나기 전까지 절대 멈추지 않을 것이다.

특히 오크 로드가 선두에 서 있으면 더더욱 그럴 것이다.

"형, 통솔 부탁해요. 안 되겠다 싶으면 즉각 퇴각 명령을 내리고요. 저는 신경 쓰지 말고 불리하거나, 전투가 끝나면 얼른 후퇴하세요."

"……그래."

재현은 다른 이들은 최소한 살아남을 확률이 있기 때문에 이러한 결정을 내렸지만, 자신은 아니다.

살아남을 확률은 반반.

죽이느냐, 죽임을 당하느냐. 그 선택밖에 없었다.

재현이 앞으로 한 걸음 나오고, 눈을 지그시 감았다.

스파앗!

그의 주위로 바람이 불기 시작하며 그의 몸에서 빛이 일어난다.

정령화.

그의 전신으로 정령의 증표가 번진다.

설마 B급 몬스터를 오크 로드로 맞을 줄은 몰랐지만, 녀석을 잡아야 살아 돌아갈 수 있다.

지휘관을 잃으면 제아무리 오크들이라고 한들 우왕좌왕할 것이 분명하다.

그렇지 않다고 해도 지휘할 녀석이 없으니 부대가 금방 와해될 것이다.

자신의 승패에 따라 마흔 명의 목숨이 달려 있다고 봐도 되었다.

어깨가 더욱 무거워졌다.

오크 로드가 등에 차고 있던 대검을 위로 번쩍 쳐들어 올렸다.

"크아아아아!"

"취이이익!"

오크 로드가 앞장을 서고, 오크들은 녀석의 뒤를 따라 함성을 내지르며 빠르게 아래로 달려오기 시작한다.

오크 로드의 타깃은 재현, 나머지 오크들은 다른 헌터를 사냥하기 위해 내려왔다. 녀석들의 수는 이십여 마리.

숫자로 보면 반 이상 적지만, 녀석들의 힘을 생각하면 결코 만만히 볼 수는 없었다.

재현은 마지막으로 소리쳤다.

"총공격!"

아일린이 통역을 하지 않았음에도, 그의 외침에 모두가 함성을 내지르며 방아쇠를 당겼다.

*　　　*　　　*

"알파 팀, 방패 앞으로!"

조환성이 소리치며 자신도 그 대열에 합류한다. 마찬가지로 영어로 대화가 불가능해 아일린이 옆에서 같이 소리쳤다.

"방패 꽂아!"

전방에 있던 알파 팀은 방패를 땅에 힘껏 내리쳤다. 방패의 하단 부분에서 송곳이 튀어나오며 방패를 단단히 지지했다.

아일린도 자신의 방패를 꽂고, 재빨리 탄창과 총들을 꺼내 어깨에 멨다.

녀석들의 이동 경로를 최대한 막고 대비했다.

간단히 바리케이드가 세워지자 알파 팀이 재빨리 뒤로 물러나고, 가지고 온 총을 전방으로 겨누었다.

"알파 팀, 싯 다운! 알파 팀 앤드 브라보 팀, 파이어!"

다행이라면 간단한 영어가 되어 사격 명령을 할 수 있었다.

알파 팀은 앉아쏴 자세를 취하고 브라보 팀은 바로 뒤에서 서서쏴를 실시하며 일제히 사격했다.

그리고 찰리 팀과 델타 팀은 바리케이드가 없는 곳으로 이동해서 오크들을 저격했다.

녀석들이 총에 맞고 피를 흘리며 쓰러졌다.

화력이 집중되니 순식간에 벌집이 되어 쓰러지는 녀석들도 나왔다.

오크 로드는 자신에게 조준되는 총을 일일이 확인하고 있던 듯, 날아오는 총알조차 대검으로 막아 버렸다.

재현은 녀석에게 총알을 박기가 어렵다고 판단했다.

"운다인, 모든 버프를 나에게 걸어 줘."

"알았어!"

바다의 축복, 물의 축복, 바다의 기상 등등. 모든 버프 기술을 걸자 재현의 몸이 깃털처럼 가벼워지고 몸에 활력이 솟아났다.

그는 오크 로드를 의식하고 옆으로 달렸다.

녀석은 앞으로 달려오던 경로를 바꿔 재현을 향해 달려갔다.

다른 오크들은 재현을 제외하고 마흔 명의 헌터들에게 향했다.

저절로 만들어진 대장전.

재현은 녀석과 거리가 벌어져 있을 때 미리 선수를 치기로 했다.

재현은 수통의 마개를 열어 수분을 재빨리 모으게 했다.

"운다인, 웨이브 커터!"

모든 것을 가르는 파도가 녀석을 향해 몰아친다.

오크 로드는 자신에게 공격이 날아들자 하늘 위로 도약했다.

아무런 도구도 없이 오직 하체의 힘만으로 5미터가 넘는 높이를 도약한 오크 로드.

녀석의 힘에 감탄하면서도 재현은 공격을 늦추지 않았다.

"썬더러, 라이트닝 차징!"

한 줄기의 섬광이 녀석을 향해 날아갔다. 하지만 녀석은 망토로 몸을 감싸고 있었다.

천으로 된 망토인 줄 알았는데, 전류를 막는 소재로 되어 있는 것이거나, 매직 아이템 같았다.

녀석은 전류를 아무런 피해 없이 막아 내고 재현의 2미터 앞에 착지했다.

녀석의 대검 길이를 봤을 때 정확히 몸을 가를 정도의 길이었다.

그가 다급히 허리를 숙이자, 녀석의 대검이 아슬아슬하게 스쳐 지나갔다. 머리카락 몇 올이 허공에서 춤을 추는 게 그의 눈에 비춰졌다.

"미친, 한 손으로 어떻게 저걸 휘둘러?!"

녀석이 들고 있는 대검은 일반 오크들이 들고 있는 것들보다 훨씬 길고 육중한 것이다.

사람이 휘두르기는커녕 들기도 버거워 보이는 대검이다.

저걸 한 손으로 들고 가볍게 휘두르다니.

얼마나 무식하게 셌으면 저럴 수 있을까 싶었다.

그는 자신에게 웨이브를 사용해 서핑을 타는 것처럼 뒤로 이동했다.

웨이브는 굳이 상대를 모으거나 떨어뜨리는 역할만이
아니라 자신에게 사용해 회피용으로 쓸 수도 있었다.

재현은 일단 급한 대로 뒤로 이동했다. 덕분에 녀석과
거리를 벌릴 수 있었다.

"노움, 어스 해머!"

거대한 흙의 망치가 녀석의 위에서 생성되고, 힘껏 추
락한다.

흙의 망치는 녀석의 몸 전체를 가리고도 남을 정도로
거대하다.

허나 녀석이 주먹을 쥐더니 추락하는 망치를 힘껏 때렸
다.

콰삭!

파열음과 함께 흙이 사방으로 퍼졌다. 재현은 자신도
모르게 입이 떡 벌어졌다.

"주먹으로 저걸 깨부쉈다고?!"

눈으로 보고도 믿기지 않는 무시무시한 힘이다. 재현은
계속 녀석의 사정거리 밖에서 공격했다.

오크 로드는 계속 재현과 거리를 좁히려고 한다.

끝까지 거리를 벌리려는 재현과 거리를 좁히려는 오크
로드. 치열한 공방전은 덤이다.

녀석의 공격을 피할 수 없을 상황이면 바로 방어 기술

을 사용해 무력화시켰다. 그리고 틈이 나는 즉시 반격을 꾀했다.

"크아아!"

오크 로드가 괴성을 지르며 대검을 휘두른다.

피할 틈이 없어 재현은 급한 대로 팔을 들어 올렸다.

그의 팔 주위로 사철로 된 원형의 방패가 생겨났다. 녀석의 대검과 충돌했다.

콰앙!

"……!"

재현이 튕겨져 날아갔다. 원형의 방패가 파손된 것은 물론이고, 그의 팔을 감싸고 있던 티타늄 로브의 부품 일부도 죽 찢어졌다.

"미, 미친?!"

그는 자신도 모르게 욕을 내뱉었다.

설마 티타늄 로브에도 영향을 끼칠 줄 몰랐기에 재현은 당황해했다.

정 안 되면 방어구를 믿고 정면 승부를 볼 요량이었는데, 그것이 불가능해진 것이다.

다행히 방어구가 충격을 흡수해 주어 몸에 별다른 무리가 생기지는 않았지만 등줄기에 식은땀이 주룩 흘러내렸다.

아니, 식은땀만이 아니라 그는 어느새 땀을 뻘뻘 흘리고 있었다.

몸을 자꾸 움직이고, 정령력을 계속 소비하다 보니 지칠 수밖에 없었다.

어느새 그의 눈 밑으로 짙게 그림자가 꼈다.

녀석은 지치지도 않는지 처음처럼 몸놀림이 날랬다.

"이거 슬슬 위험한데."

재현은 정화수 한 통을 다 비우고 아무 곳에나 내팽개쳤다. 마지막 남은 정화수다.

그는 틈이 날 때마다 정화수를 마시며 최대한 정령력의 소비를 줄이려고 했다.

녀석과 정면으로 승부하는 건 어리석은 짓이다.

녀석의 대검에 맞서다간 팔이 남아나질 않을 것이다. 믿을 건 방어구이지만, 녀석의 검에 일부 파손되었다.

재현은 팔목을 감싸고 있던 일부를 벗어 던졌다.

아까의 충돌로 파손되면서 날카롭게 안으로 파고든 것에 다칠 수 있으니 차라리 벗어 던진 것이다.

나중에 따로 수거해서 고쳐 쓰든가 새로 개량해야 할 것 같다.

'근데 어떻게 싸워야 하지?'

거리를 벌리며 최대한 공격을 해도 녀석은 피하거나 무

력화시켜 버렸다.

이 때문에 지금 꽤 애먹고 있는 상황이었다.

좀 맞아 주면 어디가 덧나나 싶을 정도로 녀석은 일대 일 전투에 매우 뛰어났다.

머리를 굴려 봤지만 녀석이 다 피할 것 같았다.

밀폐된 공간이니 전류로 오존을 만들어 호흡곤란 상태로 몰고 갈까 고민도 해 본다.

'수중 호흡기는 있긴 하지만…….'

해양 몬스터를 잡으러 갔을 때 챙겼던 휴대용 수중 호흡기.

이게 산소통 없이도 숨을 쉴 수 있게 해 줬지만 과연 공기 중에서도 통할까 의문이 든다.

만일 이게 통하면 재현은 마음껏 사용할 수 있겠지만, 소용이 없으면 녀석이 쓰러지기 전에 먼저 녹다운이 될 거라는 생각이 들었다.

꽤 불리한 도박이다. 리스크가 너무 컸다.

머리를 굴렸지만 이만큼 까다로운 상대는 또 처음이다. 역시 아직 B급 몬스터는 무리였나 싶었다. 그냥 도망을 선택할까 고민하기에 이르렀을 때였다.

"재현아, 오크 로드가……."

운다인이 심상치 않은 느낌에 재현을 다급히 현실로 되

돌렸다.

그는 운다인의 말에 오크 로드를 응시한다. 녀석이 반짝 빛나는 돌을 들고 있었다.

어쩐 낯이 많이 익은 돌이다.

녀석은 한참 달려들다 멈춘 채 가만히 돌을 들고 서 있을 뿐이다.

누구 하나 죽을 때까지 멈추지 않는다는 오크가 갑자기 전투를 멈추다니.

무슨 일인지 몰라 속으로 여러 궁금증이 폭발했다.

"설마 저거……."

재현은 그 돌을 가만히 응시하다 눈이 화등잔만큼 커졌다.

재현의 생각이 맞다면 녀석이 들고 있는 돌은 분명 정령석이었다.

인공적으로 만든 것이 아닌 오랜 세월 자연의 기운을 쌓은 정령석이 분명했다.

후우우욱!

갑자기 바람이 불어온다.

녀석에게서 불어오는 바람이었다. 그리고 녀석의 몸에서 빛이 일어나며 불길이 치솟아 올랐다.

"저건……!"

재현은 물론이고 정령들도 믿을 수 없다는 표정을 지었다.

녀석의 옆에 일어난 불길은 재현에게 익숙한 기운을 내뿜고 있었기 때문이다.

녀석의 옆에서 일어난 불길은 하나의 형체가 되며 주변을 유유히 떠돌아다녔다.

재현은 물론 정령들도 이를 보며 입을 다물지를 못했다. 자신이 보고 있는 게 사실인가 놀라고 있을 때, 썬더러가 소리쳤다.

"오크가 정령을?!"

다들 크게 놀랐다.

오크가 정령을 사용할 줄이야.

재현이 느낀 바로도 녀석의 몸에서 정령력이 뿜어져 나오는 것을 알 수 있었다.

하급 정령들보다 강력한 힘이 느껴졌다.

"불의 중급 정령인 샐리스트야!"

운다인이 재현에게 소리쳤다.

녀석이 소환한 정령은 불의 정령. 그것도 하급 정령이 아닌 중급 정령이었다.

"몬스터가 정령을 다룬다는 말은 들어 본 적이 없어!"

몬스터 중 일부는 마법을 쓰는 녀석이 있다는 건 익히

알고 있다.

홉 고블린 부족장과 싸우면서 실제로 목격한 적이 있었다. 하지만 정령을 다루는 건 들어 본 적이 없는 사실이었다. 이건 재현만이 아니었다.

운다인은 물론 썬더러, 메타리엔, 노움도 믿기지 않는다는 듯 이를 바라보고 있었다.

인간도 아닌 몬스터가 정령을 다룰 줄이야. 그 누구도 상상하지 못한 일이다.

다행이라고 하면 불의 정령은 물의 정령과 상성이 정반대라는 것이다.

정령끼리의 대결에서는 이쪽이 훨씬 유리했다.

"크아아!"

"끼아아아아!"

오크 로드가 소리를 지르자 샐리스트가 괴로운 듯 비명을 질렀다.

정상적인 계약으로 묶인 관계가 아닌 것처럼 샐리스트의 괴로운 감정이 이쪽까지 전달되었다.

"샐리스트가…… 괴로워하고 있어."

"왜 저러는 거야?"

"모르겠어. 하지만…… 내가 봤을 때 저건 정상적으로 이루어진 관계가 아니라는 거야. 증거로 오크 로드에게서는 계약의 증표를 찾아볼 수 없어. 오히려……."

운다인이 샐리스트의 이마를 주시했다.

샐리스트의 이마에는 계약의 증표처럼 무엇인가가 떠오르고 있었다.

계약의 증표라고 보기에는 분위기도 다른 느낌이다.

"저건 샐리스트가 원해서 계약을 한 게 아니라……."

"무슨 이유인지는 모르지만 저 오크 새끼한테 강제로 속박 당했다고 보는 거지?"

운다인은 조용히 고개를 끄덕이며 긍정을 표했다. 재현은 이를 꽉 깨물었다.

"저 새끼가 돌았나. 정령을 자기 도구로 취급해?!"

재현은 저것만큼은 용서할 수 없다고 보았다.

자신을 지켜 주고, 항상 옆에서 보듬어 주는 든든한 파트너를 강제해 속박하다니.

상대가 괴로워하고 있는데 아랑곳하지 않는 것을 보며 속에서부터 분노가 끓어올랐다.

샐리스트는 공격하라는 듯 계속해서 소리치는 오크 로드의 말을 거역하고 있었다.

덕분에 그 강제력이 발동했는지 더욱 괴로워하며 비명을 지른다.

보는 재현이 다 안타깝게 느껴진다.

"재현아……."

정령들이 재현을 바라보고 있었다. 다들 이것만큼 참을 수 없다는 듯 결의에 찬 눈빛이다.

늘 졸린 눈을 하던 메타리엔조차 보기 드물게 눈빛이 살아 있었다.

재현은 정령들이 왜 이러는지 알고 있다.

자신도 똑같은 기분이다.

정령이 저런 취급을 받고 있는데 한 명의 정령사로서 용납할 수 없는 일인 것이다.

재현은 여전히 괴로워하고 있는 샐리스트를 바라보았다.

"샐리스트라고 했지?"

당장이라도 눈이 돌아갈 것처럼 보이는 샐리스트. 재현은 주먹을 움켜쥐었다.

"괴롭지? 무섭지? 두렵지? 고통스럽지?"

그의 말이 닿았는지, 샐리스트가 고통스러워하고 있는 와중 이쪽을 지그시 바라본다.

그 모습을 보니 너무도 안타까워 보였다.

샐리스트가 저 고통에서 일시적이나마 해방되는 일은 명령을 거역하지 않는 것뿐.

그렇다면 간단하다.

"우리를 공격해."

바로 녀석의 명령에 따라 공격하면 되는 것이다.

샐리스트는 의아하다는 듯 그를 바라본다.

설마 공격하라고 직접 말할 줄은 몰랐을 것이다.

"그 공격 다 받아 내면서 나도 싸울게. 그리고 반드시 이겨서 널 그 고통에서 해방시켜 줄게. 지금은 녀석의 말에 따라 싸워. 나도 전력을 다해 싸울 거야. 그러니 우리는 신경 쓰지 않아도 돼."

그의 진심이 닿았는지, 샐리스트가 고개를 끄덕이며 서서히 일어난다.

샐리스트를 속박했던 문장이 빛을 잃어 갔다. 재현의 시선은 샐리스트를 피해 오크 로드에게 향했다.

"오크 로드. 나 진짜 화났다. 다른 사람도 아니고 감히 내 앞에서 정령을 도구 취급한 대가를 치르게 해 줄게."

자신을 화가 나게 만든 그 대가는 톡톡히 치르게 하겠다고 다짐하자, 재현의 기세가 거세졌다.

Chapter 08
뜻밖의 전리품

재현은 한번 열이 받으면 앞뒤 가리지 않는다.

그는 이번에 죽을 각오로 녀석을 잡기로 하고, 모든 힘을 쏟아 내기로 했다.

샐리스트가 자신의 정령은 아니지만, 강제로 묶인 저 관계를 재현은 용납할 수 없다.

정령이 괴로워하고 있는 모습을 보기 싫다.

샐리스트가 괴로워한 것 이상의 대가를 치르게 만들어 줄 요량이었다.

파지지지직!

그의 몸 주위로 전류가 사방으로 흩어진다.

모든 힘을 이곳에 쓰겠다는 각오를 느꼈는지, 오크 로드가 괴성을 지르며 재현에게 달려들었다.

　재현은 아까처럼 피하지 않기로 했다.

　정령들을 믿고, 자신도 싸우기로 다짐한다.

　이번에는 총력전이다.

　말 그대로 누가 먼저 쓰러질 때까지 끝나지 않을 싸움을 시작하는 것이다.

　'정령을 강제로 속박한다 하더라도, 녀석은 정령력을 사용하고 있다.'

　정령력과 체력은 다른 문제다. 체력이 아무리 넘친다 하더라도 정령력이 밑바탕이 되지 않으면 금방 피로해지고, 쓰러지기 일쑤다.

　정령력이 바닥나면 쓰러질 것은 분명한 얘기.

　이를 피하기 위해 체력을 소비한다고 해도 그 한계가 존재한다.

　장기전으로 가면 불리한 싸움이라 여겼지만, 지금은 얘기가 다르다.

　오히려 녀석을 더욱 빨리 지치게 만들 수 있다.

　어찌 보면 녀석에게는 신의 한 수였을지도 모르지만, 그게 자신의 목을 옥죄는 로프일 수도 있었다.

　정령력은 이쪽이 훨씬 더 우세하다.

거기다 하필 녀석은 다른 정령도 아닌 물의 정령과 상극인 불의 정령을 소환해 냈다.

재현이 오크 로드였다면 차라리 정령을 소환하지 않고 자신의 신체적 이점만을 이용해 싸울 것이다.

생각이 거기까지 미치지 못한 건지, 아니면 정령에 대해 하나도 몰라서 눈앞에 보이는 강력한 힘으로 찍어 누를 생각만 했는지 모른다.

정령은 명백히 상성이 정해져 있는 생명체이다.

동급의 정령들끼리 싸우면 운다인이 훨씬 우위에 있다.

샐리스트와의 싸움은 전적으로 운다인에게 맡기고, 재현은 오크 로드에게 집중하기로 했다.

"크아아아!"

오크 로드가 재현의 정수리를 향해 대검을 내려친다.

재현은 이를 피하지 않고 전류를 조종, 사철을 이용해 방어했다.

아무리 녀석의 완력이나 대검이 강해도 그가 진심으로 방어에 치중한다면 이야기가 다르다.

게다가 재현은 빈틈을 노려서 공격을 하기도 했다.

"썬더러, 라이트닝 차징!"

녀석의 옆구리가 비었다.

번쩍 든 대검 때문에 순식간에 틈이 만들어진 것이다.

그 빈틈을 노려 썬더러가 라이트닝 차징을 날렸다.

효과는 미미했지만, 고통이 느껴졌는지, 안 그래도 험상궂은 녀석의 인상이 더욱 찌푸려졌다.

녀석을 상대로 계속 방어를 해 봤자 기회가 만들어질 것 같지도 않고, 공격을 해서 틈을 만들기로 한 것이다.

순식간에 공수 전환.

방어만 하고 거리를 벌리려고 했던 아까와 다르게 행동하자 녀석이 의외로 당황했다.

재현은 계속해서 녀석을 몰아붙였다.

주위를 떠돌고 있던 사철들이 채찍처럼 녀석에게 쏟아진다.

오크 로드가 대검을 휘둘러 사철을 정면으로 막아 냈다.

하지만 여러 줄기로 쏟아지는 사철의 채찍을 전부 막아 낼 수는 없었다.

집요하게 파고드는 그의 공격은 녀석의 몸에 점점 상처를 입히기 시작했다.

두려움을 아랑곳하지 않고 정면으로 응수하니 나름 할 만하다고 느껴졌다.

그전의 자신은 녀석의 공격이 두려워 몸을 사리면서 소극적으로 행동했다. 그건 재현의 스타일이 아니다.

집요하게 상대를 공격하고, 기회를 보는 것이 특기다.

오히려 자신의 특기를 더욱 살려 몰아붙이는 게 답이었다.

주춤주춤 앞으로 전진만 하던 오크 로드가 뒤로 몰리기 시작한다.

"크아아아!"

녀석이 괴성을 지른다. 샐리스트가 황급히 녀석의 곁으로 향하더니 재현을 향해 거대한 화염을 쏟아 낸다. 하지만 이를 운다인이 가만히 보고만 있지 않았다.

운다인은 물의 기둥을 만들어 쏟아지는 화염을 막아 냈다. 물의 기둥과 화염이 정면으로 맞붙자, 물이 부글부글 끓었다.

순식간에 수증기가 공기 중으로 퍼진다. 운다인은 샐리스트의 공격을 막으면서 그 수증기조차 다시 모아 힘을 보탠다.

물은 수증기가 되어도 그로 인해 생긴 수분으로 재활용이 가능해 훨씬 적은 양의 정령력으로 다시 사용할 수 있다. 하지만 불은 그렇지 않았다.

물로 인해 꺼진 불은 다시 재활용할 수 없다.

오크 로드는 일정 치의 정령력을 계속 사용하는데, 재현은 녀석보다 훨씬 적은 양의 정령력을 사용하고 있다.

'정령력 컨트롤도 못하는 녀석이야 뻔하지.'

보아하니 소환은 이번이 처음인 것 같다. 녀석이 벌써

지쳐 보인다.

정령력을 수련하지도 않은 상태로 공격을 거침없이 쏟아 내고 있는데 금방 지치는 건 당연한 일이다.

재현도 처음 운디네를 소환했을 때 소환만 하는 시간이 고작 한 시간이 전부였다.

그 당시의 정령력으로 아쿠아 애로우 몇 발만 썼어도 금방 기절했을 것이다.

녀석은 그나마 오랫동안 버티고 있었다.

정령력을 대신해 체력을 소비하고 있는 단계로 넘어간 지 좀 된 것 같았다.

샐리스트가 정령력만을 온전히 쓰지 않고 일부러 재현을 돕고 있는 것이다.

[재현아, 샐리스트가 강제로 계약이 된 상태라 오크 로드와 감정을 공유할 수 없고 텔레파시도 통하지 않는데. 대신 자신은 오크 로드의 심정을 느낄 수 있대.]

인간은 계약자만이 정령들과 텔레파시를 나눌 수 있지만, 정령들은 언제 어디서든 텔레파시를 나눌 수 있다.

샐리스트는 이를 이용해 운다인에게 계속 정보를 전달해 주고 있었다.

'녀석의 정령력은 언제 소비되는지 알려 달라고 해 줘.'

[물어봤는데, 대부분의 정령력은 샐리스트가 가지고 있

는 것으로 사용하고 있대. 하지만 오크 로드도 아주 사용을 안 하는 것이 아니래.]

'그럼 비효율적인 공격을 해 달라고 해 줘. 정령력을 최대한 깎아야지.'

[안 그래도 그건 하고 있는데 오크 로드가 눈치가 빠른 것 같아서 함부로 하지는 못할 것 같대. 아, 오크 로드가 자신이 비효율적이라고 생각하고 있다고 하니 조금 더 몰아치겠대.]

재현은 고개를 끄덕였다. 그러자 샐리스트가 방금 전보다 효율적인 공격을 해 온다.

그는 이를 다시 막아 내고, 샐리스트가 운다인에게 전해 주는 정보를 계속 들었다.

이제 녀석의 정령력은 바닥을 드러내고 있고, 슬슬 체력을 소비하고 있다는 것이다.

재현은 오크 로드의 체력을 계속 깎아 내려서 결정적인 순간에 해치울 계획이었다.

샐리스트도 하고 싶지 않은 싸움을 하면서 오크 로드를 최대한 약하게 만들 궁리를 하고 있었다.

적의 적은 아군이라 했던가. 강제성을 띤 불완전한 계약이다 보니 자신의 정보가 적에게 고스란히 넘어가고 있는 것이 녀석의 최대 실책이었다.

오크 로드는 자신의 체력을 소비하는 것이 자멸하는 길임을 모르는 것 같았다. 아니, 애초에 정령을 이용하고 있는 것부터 스스로 자멸하고 있는 셈이다.

재현은 이를 최대한 이용하기로 했다. 그는 정령력을 끌어 올렸다. 그가 최대로 낼 수 있을 만큼의 정령력을 보이자, 녀석도 반응했다.

녀석이 샐리스트에게 좀 더 강한 화력을 요청하고 있다고 운다인에게서 전해 들었다.

'운다인. 샐리스트에게 전해. 내가 신호를 보내면 최대 화력으로 나에게 불을 뿜으라고.'

[알았어.]

재현이 뭔가 생각이 있다는 것을 깨달은 운다인은 샐리스트에게 그의 말을 전한다.

샐리스트는 오크 로드가 모르게 조용히 고개를 끄덕인다.

"노움, 어스 트랩! 운다인, 물 채워!"

어스 트랩으로 땅이 순식간에 푹 꺼지고, 순식간에 물이 채워진다.

다만 그것은 오크 로드에게 쓴 것이 아니라 자신의 바로 앞에 일어나게 했다는 것이다.

파지지직!

"크아아아!"

그의 주위로 전류가 거침없이 퍼져 나간다.

딱 봐도 심상치 않은 기운에 오크 로드가 괴성을 지르며 견제하려고 한다.

재현은 샐리스트가 거대한 화력을 쏟아 내려고 준비를 마치자 갑자기 정령력을 거두며 소리쳤다.

'지금!'

운다인이 샐리스트에게 신호를 보내는 것은 약간의 시간이 걸린다.

재현의 텔레파시가 운다인에게 전해지고, 운다인은 샐리스트에게 다시 텔레파시를 보내야 하기 때문.

고작 2~3초 정도지만 그 정도 틈이면 충분하다.

재현이 품에서 수중 호흡기를 꺼내 입에 물며 깊은 웅덩이에 뛰어들기 무섭게 샐리스트의 화염이 쏟아진다.

재현은 메타리엔에게 텔레파시를 보냈다.

'얘들아, 너희들까지 휘말리게 해서 미안해! 메타리엔, 나와 오크 로드 주위를 막아 버려!'

그 순간, 메타리엔은 그의 지시에 따라 사방을 막아버리자, 벽이 처진 주위로 불길이 일어났다.

반대로, 샐리스트의 공격은 오크 로드에게도 영향이 갔다.

이미 쏟아 낸 공격을 회수할 수 없다면 계약자도 공격을 받을 수 있다.

이 점을 노린 것이다.

녀석은 정령에 대해 무지했지만, 재현은 아니다.

여전히 모르는 점은 많지만, 최소한 오크 로드보다 많이 알고 있다.

자신이 다루는 정령의 공격이 자신에게도 미칠 수 있다는 것을!

갈 길을 잃고 계속 퍼부어지는 불길은 녀석의 몸을 통째로 삼키며 곧 화염의 팽창과 함께 폭발했다.

*　　　*　　　*

"푸하!"

재현은 반쯤 줄어든 물웅덩이에서 나와 주위를 살폈다.

주위를 살피니 검은 그을음이 메타리엔이 만든 벽 안쪽에 가득 퍼져 있었다. 그리고 녀석이 새까맣게 그을린 채 쓰러져 있다.

재현은 밖으로 나왔다.

옷이 물에 젖어 몸이 무거웠다.

노움은 즉각 땅속으로 들어가 아무런 피해를 받지 않았

다.

'역소환된 건 노움을 제외하고 전부야?'

[응.]

[맞아.]

[아무 말도 없이…… 진행한 건 솔직히 너무했어…….]

'미안. 설명할 겨를이 없었어.'

재현은 운다인과 썬더러, 메타리엔에게 사과를 했다.

워낙 상황이 급박해 설명할 틈이 없어 그 폭발에 운다인과 썬더러가 휘말려 역소환이 되고 말았다.

얼마나 강력한 공격이었으면 물의 정령인 운다인이 화염에 역소환이 되었을까.

하기야, 꽉 채워진 물웅덩이가 반쯤 줄었으니…….

재현도 그 안에서 산 채로 익을 뻔했으니 말은 다한 셈이다.

지금도 물웅덩이는 부글부글 끓으며 기포가 나고 있었다.

그나마 물의 친화력이 쌓여 뜨거움을 견딜 수 있던 것이 컸다.

일반인이었으면 살아남지도 못했을 것이다.

[우린 괜찮아. 그래도 일이 잘 끝나서 다행이야.]

[우리는 죽지 않으니까 괜찮지만, 재현이는 얼른 치료

부터 해.]

[얼굴에…… 화상을 입었어…….]

그러고 보니 얼굴만이 아니라 몸 곳곳에서 화끈한 것이
느껴졌다.

'그래. 나중에 소환할게. 푹 쉬고 있어.'

그 말을 끝으로 텔레파시는 더 이상 오지 않았다. 잔뜩
지친 듯 휴식을 취하는 모양이다.

재현은 즉각 치료수를 꺼내 한 방울도 남기지 않고 입
안에 털어 넣었다.

혹시 모르니 포션도 같이 마셨다.

일루전 컴퍼니에서 재현에게만 보급해 준 상급 포션이
다.

만일에 대비해 챙기긴 했는데 정말 잘했다고 생각했다.

화상이 일어난 곳으로 추정되는 곳들이 더욱 화끈해졌
다.

아마 상급 포션이 급격하게 치료하면서 생기는 고통일
것이다.

여유가 생긴 재현은 그제야 헌터들 쪽에도 시선을 줄
수 있었다.

몇몇은 위급한 듯 서둘러 옮기는 것이 보였지만, 오크
들을 다 잡은 모양이다.

희생을 얼마나 치렀는지 모르지만 나중에 따로 보고받아야 할 것 같았다.

"조심하세요!"

노움의 외침. 재현이 그 외침을 듣고 반사적으로 몸을 앞으로 구른다.

방금 전 그가 있던 곳에 거대한 소리와 함께 대검이 박혔다.

"크으아아……!"

오크 로드가 일어난다.

전신이 불타 새까맣게 변했음에도 녀석은 멈출 생각을 하지 않았다.

솔직히 이 정도면 움직이고 싶어도 움직일 수 없는 게 맞을 텐데, 녀석의 눈은 아직도 살기로 번들거리고 있었다.

무기가 없으면 손으로, 손이 없으면 발로, 발이 없으면 이빨로, 이빨이 없으면 머리로. 끝까지 싸운다는 말이 뭔지 알 것 같았다.

녀석은 숨이 붙어 있는 지금 이 순간까지도 검을 놓지 않고 있었다.

"끈질긴 녀석."

재현은 이제 질린다는 듯 녀석을 바라보았다.

지금 당장 죽어도 이상할 게 없는 상황인데 저 상태로 움직이는 것 자체가 신기한 일이다.

현재 정령력은 얼마 남아 있지 않다.

정령화를 할 여력도 남아 있지 않다.

그나마 노움을 다룰 정령력은 아직 좀 남아 있기에 망정이다.

'노움으로 해결할 수 있을까?'

이미 다 죽어 가는 녀석이지만 그래도 방심할 수 없다. 녀석은 오크다.

아무리 죽음이 임박해 있어도 무시할 수 없는 것이다.

오크이기 전에 몬스터이다.

아무리 다 죽어 간다고 해도 방심할 수 없는 노릇이다.

"크아아아!!"

녀석이 소리를 지르며 달려든다. 저 상태로 저런 움직임이라니. 재현은 정말 누구 하나 죽을 때까지 싸운다는 말이 무엇인지 새삼 알 수 있었다.

"노움, 어스 애로우!"

흙으로 된 화살이 일곱 발이 만들어지고, 녀석을 향해 날아간다.

녀석은 어스 애로우를 대검으로 방어했다.

녀석의 힘이 경각에 달했는지 그리 강한 공격이 아님에

도 계속 꾹 쥐고 있던 대검을 놓쳤다.

그러나 녀석은 멈추지 않았다.

대검에 일절 신경 쓰지 않고 오직 재현을 공격할 의지밖에 남지 않은 것 같았다.

"어스 스피어!"

흙이 뭉쳐지며 하나의 거대한 창이 만들어졌다.

어스 스피어가 녀석을 향해 날아든다.

피할 여력도 없고, 젖 먹던 힘까지 짜내어 오직 재현에게 저돌적으로 달려온다.

녀석은 오른팔을 들어 어스 스피어를 막아 냈다.

"미, 미친 새끼……!"

녀석의 팔이 기괴하게 꺾였다.

팔을 희생하면서까지 멈추지 않는다.

두려울 정도로 빠른 속도라 재현의 얼굴이 더욱 사색으로 변한다.

"어, 어스 트랩!"

이대로 쭉 달려오기만 하면 함정에 빠진다는 생각에 어스 트랩을 사용했지만 녀석은 이번에 하체에 힘을 싣고 높이 도약했다.

재현의 눈이 휘둥그레지고, 녀석의 주먹이 정확히 그의 복부를 강타한다.

퍽!

"……!!"

충격과 함께 재현의 몸이 공중으로 붕 뜬다.

너무 순식간에 일어난 일이라 뭐가 뭔지 모르겠다.

무슨 일인지 정신을 차리고 보니 입에서 피를 게워 내며 벽에 기대어 쓰러져 있었다.

'뭐, 뭐야…….'

티타늄 로브가 부서졌다.

지금껏 자신을 지켜 준 든든한 방어구가 녀석의 주먹에 부서지다니.

두 눈으로 보고도 믿기지 않아 정면을 응시했다.

녀석이 다리를 절며 이쪽으로 다가오고 있었다.

'징그러운 녀석.'

죽을 거면 좀 빨리 죽지 뭐가 저리 미련이 강해서 아직도 눈을 감지 않는 걸까.

이렇게 집요한 몬스터는 난생처음이다.

움직일 힘은 남아 있지만 아직 충격이 가시지 않았는지 몸이 뜻대로 움직여지지 않는다.

이 정도로 몰아붙인 것만 해도 대단하다고 생각은 들지만, 포기할 생각은 없다.

'움직여라 좀!'

화상을 치료하기 위해 마신 포션 덕분에 내상도 금방 치유될 것이다.

지금은 몸이 움직여지지 않는다.

녀석이 점점 다가온다.

살기로 번들거리는 야수의 눈동자가 이쪽을 향한다.

무자비한, 살육에 가득 찬 그 눈빛은 그 어떤 몬스터보다 무섭다고 느껴졌다.

자신의 목숨을 생각하지 않고, 길동무를 삼으려는 자는 몬스터나 인간을 초월해 공포라는 감정을 일게 만들었다.

그때 노움이 재현의 앞을 지키듯 섰다.

작은 체구의 노움은 튼튼한 벽처럼, 지키듯 서 있었다.

"노움⋯⋯."

"제가 지킬 거예요."

이쪽을 쳐다보고 있지 않지만, 노움의 감정에서 각오가 전해진다.

노움은 지금껏 자신이 활약할 기회가 적었지만 언제든 필요하면 재현을 돕고 싶어 했다. 그것이 지금이다.

다른 정령들도 역소환이 되어 도울 수 없는 지금이다.

자신이 아니면 재현을 지키지 못한다.

"재현이를 지키고 싶어요. 지금까지 제가 한 건 거의 없지만⋯⋯ 이번에는 제가 지키고 싶어요."

울분에 가득 찬 목소리. 그리고 감정이 재현에게 전달된다.

"전 애매할지도 몰라요. 썬더러나 샐리스트와 같은 강력한 공격도, 운다인처럼 여러 가지 일을 할 수 있는 것도, 메타리엔처럼 든든한 방어도 할 수 없어요."

하지만, 이라고 말을 끊고 노움이 고개를 번쩍 들어 올린다. 그 어떤 때보다도, 당당하게. 그 누구보다 떳떳하게!

"재현에게 힘이 되고 싶어요. 진심으로 절 대하는 그 기대에 보답하겠어요!"

노움의 몸에 변화가 일어났다.

*　　　*　　　*

지금 재현은 눈앞에 보이는 광경을 보고 얼떨떨한 표정을 지었다. 노움이 변했다.

15센티미터의 작은 체구에서 운다인과 같은 소녀가 그의 앞을 서 있다.

"중급 정령?"

재현은 가슴이 아려 오는 것을 느꼈다.

파손된 티타늄 방어구와 찢어진 옷 사이로 계약의 증표

가 변화하고 있는 것이 느껴졌다.

노움이 하급 정령에서 중급 정령이 된 것이다.

갑작스럽게 소녀가 된 노움 때문에 오크 로드도 흠칫 놀라고 있다.

갑작스러운 변화가 당황스러운 것이 아니라, 방금 전과 비교할 수 없을 정도로 거센 기운을 느꼈기 때문이다.

소녀가 된 노움은 손을 번쩍 들어 올렸다.

대지가 진동하며 변화가 일어난다.

지진이 일어난 듯 흔들리더니 흙이 송곳처럼 솟아오른다.

녀석의 몸이 순식간에 벌집이 되어 버렸다.

"크…… 크아아!"

녀석이 고통스러운 외마디와 함께 쓰러진다. 방금 전에 보여 준 그 무시무시한 기세는 어디 가고, 재현이 허탈해할 정도로 너무나 쉽게 끝이 났다. 소녀가 된 노움이 재현에게 다가왔다.

"괜찮아요?"

"노움? 아니, 이제 뭐라고 불러야 해?"

중급 정령이 되었으니 다른 이름이 있을 것이기 때문에 재현은 뭐라고 불러야 할지 물어보았다.

중급 정령에게 하급 정령의 이름을 부르는 건 실례라고

생각했다.

중급 정령이 된 노움은 방긋 웃으며 대답해 주었다.

"노임이에요."

"그래, 노임."

얼굴을 바라보니 하급 정령 때의 귀여움은 그대로 남은 채 성장했다.

재현은 노임의 머리를 쓰다듬어 주었다.

"중급 정령이 된 걸 축하해."

"고마워요."

재현은 끙! 하고 앓는 소리를 내며 일어나려고 했다. 노임이 그를 부축했다.

"일어날 수 있겠어요?"

"고마워. 이제서야 슬슬 포션의 기운이 도는 것 같네."

재현은 지금 당장은 고물이 되어 버린 티타늄 로브를 벗었다.

수리를 하거나 개량할 필요성이 있다. 다만 그 기간이 좀 걸릴 것 같았다.

'쉴 때 해야겠군.'

원정 기간도 거의 끝나 가고 있다.

한국에 돌아가기 전이나 한국에 돌아갔을 때 더 튼튼한 재료로 만들어야 할 것 같다.

B급 몬스터는 아직 무리지만 더 튼튼해서 나쁠 건 없을 테니 말이다.

오크 로드는 그 옆에 쓰러져 있다.

미동이 없는 것을 보니 죽은 것은 확실했지만 혹시 모르니 확인 사살은 잊지 않았다.

재현은 샐리스트에게 조심스럽게 다가갔다.

"괜찮아?"

힘을 거의 다 소진했는지 샐리스트는 처음 등장했을 때보다 주위로 내뿜는 화염이 많이 사그라들어 있었다.

재현은 샐리스트의 몸을 들어 올렸다. 샐리스트를 속박했던 이마의 문장은 어느새 사라져 있었다.

"고마워요."

오크 로드 때문에 말할 겨를이 없었지만, 샐리스트는 진심으로 재현에게 감사를 표했다. 재현은 괜찮다며 고개를 저었다.

"무사했으면 됐어. 많이 괴로웠지? 내가 해 줄 수 있는 게 있어? 있으면 말해. 내가 해 줄 수 있는 모든 걸 해 줄 테니까."

샐리스트는 의아한 듯 그를 바라보았다.

"당신은 좋은 인간이군요."

"무슨 뜻이야?"

"아니요. 아무것도 아니에요."

회한이 가득한 듯 공허한 눈으로 재현을 바라보는 샐리스트. 남에게 말할 수 없는 과거가 있는 것 같았다.

더 이상 말할 생각이 없는 듯 그 이상의 말은 하지 않았다.

"무슨 일이 있었는지 모르지만 너도 나중에 좋은 정령사를 만날 거라 생각해."

"예, 그러길 바라야죠. 그때가 언제가 될지 모르지만 이번에는 사고 치지 않도록 조심해야죠."

샐리스트의 몸이 점점 사라지기 시작했다.

강제로 얽혔다고 해도 자신을 소환했던 오크 로드가 죽음을 맞이한 이상 이곳에 더 있을 수 없게 된 것이다.

샐리스트는 사라지기 직전, 손가락으로 오크의 군락 쪽을 가리켰다.

"오크의 군락에 오크 로드의 물품이 있어요. 나중에 한번 찾아보세요."

그 말을 남기고 정령계로 되돌아간 샐리스트. 샐리스트가 완전히 사라지기 직전 재현은 편히 쉬라는 말을 해 주었다.

"노움. 아니, 이제 노임이던가? 어쨌든 잔업이 좀 남아 있으니까 좀 더 도와줄래?"

노임이 방긋 웃으며 고개를 끄덕였다.

정령력은 거의 바닥을 기고 있긴 하지만 기절할 만큼은 아니다. 재현은 헌터들을 돕기 위해 자리를 털고 일어났다.

＊　　＊　　＊

오크의 군락 소탕!

재현은 임시 지휘관으로서 이를 상부에 보고했다.

약 200여 마리의 오크들을 소탕한 것도 컸는데, 오크 로드를 잡은 것이 가장 컸다.

당연한 얘기지만 오크 로드와 싸웠을 때 일어난 일들도 같이 보고했다.

정령을 속박하여 강제로 다뤘던 이야기가 꽤 충격적이었던 듯 상부에서도 쉽사리 믿질 못했다. 하지만 헌터들 일부도 목격한 사항이다.

덕분에 오크 로드는 새까맣게 탄 그대로 연구 대상이 되어 보내졌다.

수정체나 오크 로드의 몸값은 온전한 그대로로 일루전 컴퍼니가 쳐 주겠다고 하니 딱히 불만은 없었다.

다행히 죽은 자는 없었다. 경상 열일곱 명, 중상 두 명이 전부다.

그런데 중상자 중 사토가 끼어 있었다.

사토가 중상을 입었다는 말에 재현이 부랴부랴 병원으로 가니 수술은 끝나 있었다.

포션을 즉각 사용한 덕분에 목숨을 구할 수 있었다고 한다. 금방 회복할 수 있을 거란 말을 들었다. 이것은 다른 헌터들도 마찬가지였다.

조환성이 기지를 발휘한 덕분에 별 피해 없이 이를 막을 수 있었다. 그에게 작전권을 맡긴 것은 정말 잘한 일이었다.

일단 다들 파티원들이 한 명씩은 다쳤기 때문에 며칠간 사냥을 갈 수 없다고 판단해, 숙소에서 쉬기로 했다. 하지만 재현은 달랐다.

그는 혼자서 던전에 출입하여 조사를 시작했다. 포인트를 쌓기 위해서가 아니었다.

이미 포인트라면 지휘를 한 것과 오크 로드를 잡은 것으로 꽤 많이 얻어 남들이 죽도록 쌓아도 발끝에도 못 미칠 숫자가 되었다.

딱히 그런 것에 연연할 정도로 돈이 급한 것도 아니다.

재현은 샐리스트가 마지막에 해 준 말을 기억하고 찾아온 것이다.

비밀의 통로로 가는 입구에서 가고일과 자이언트 모스

키토가 리젠되었지만 딱히 어려운 상대도 아니었다.

가고일은 형체를 드러내기 전 폭발물을 설치해 파괴시킴으로써 무력화시켰고, 자이언트 모스키토는 썬더러가 알아서 해결해 주었다.

자이언트 모스키토는 재현이 딱히 신경 쓰지 않아도 쉽게 잡을 수 있는 몬스터였다.

세이프 존을 넘어 지하 3층으로 가는 와중에도 오크들이 리젠되어 상대해 줬다.

군락이 파괴되어 많은 수의 오크가 나타나지 않은 덕분에 쉽게 잡을 수 있었다.

혹시 몰라 아일린에게서 몬스터 사냥 전용 돌격소총을 빌려 왔는데 이것도 크게 한몫했다.

어느새 지하 3층에 도착한 재현은 샐리스트가 말한 대로 흙에 파묻힌 군락을 뒤지기로 했다.

흙더미에 파묻혀 있어 몰랐는데 노움이 이를 찾아내고 흙을 걷어 내니 동굴이 드러났다.

지하 4층으로 통하는 곳일까 생각이 들었지만, 다행스럽게도 또 다른 층으로 이어지는 곳이 아니라 오크 로드가 머물고 있던 동굴이다.

재현은 랜턴으로 불을 비춰 가며 동굴 안으로 들어가 보았다.

혹시 다른 몬스터들이 있는지 노움으로 미리 확인했기에 안심하고 들어갔다.

조금 들어가자 동굴의 끝자락까지 왔다. 그리 깊지 않은 곳이다.

주위를 둘러보니 동굴의 벽을 파낸 공간에 상자 하나가 떡하니 있었다. 딱히 잠겨 있지 않았다.

혹시 미믹(상자로 위장한 몬스터)일 수 있으니 레이저를 미리 쏴서 확인해 보는 건 필수다.

딱히 몬스터 정보창에 표시되는 것도 없었다. 그렇다면 미믹이 아니라는 것이었다.

"샐리스트가 말한 게 이거였군."

그는 천천히 상자를 열었다. 그 안에는 찬란한 빛을 내고 있는 돌이 있었다. 오크 로드가 샐리스트를 소환했을 때 쓰던 돌, 정령석이다.

재현의 얼굴에 미소가 드리워졌다.

"던전 내부에 보물 상자가 있지만 텅 비어 있었다는 건 흔한 일이라고 하니 괜찮겠지."

던전에 대한 책을 읽어 본바 재현은 보물 상자가 있을 수도, 없을 수도 있다는 것을 알아냈다.

보물 상자가 있다고 하더라도 꼭 그 안에 보물이 있을 거란 법도 없다.

던전의 보물 상자는 먼저 발견한 사람이 임자.

던전을 독점한 회사에서도 타인이 돈을 내고 입장해 우연히 보물 상자를 발견해도 마찬가지다.

보물 상자는 누구의 소유도 아니기 때문에 회사에서는 소유권을 주장할 수 없다는 판례가 있다고 한다.

그것이 국가가 소유한 던전이라고 해도 말이다.

재현은 정령석을 보물 상자에서 꺼냈다.

인공적으로 만든 정령석과 다르게 이건 꽤나 많은 정령력을 가지고 있었다.

메타리엔에게 물어보니 최소 300년 이상의 자연의 정기를 가지고 있다고 한다.

"300년이면 얼마나 좋은 건데?"

"최소…… 중급 정령을 소환할 수 있는 양……."

중급 정령을 소환할 수 있을 만큼의 정령력을 보유한 정령석.

딱 봐도 이거 비싸게 팔리겠구나 생각이 들었다가 문득 썬더러와 메타리엔이 뚫어지도록 정령석을 바라보는 걸 목격할 수 있었다. 이를 보고 운다인이 말했다.

"썬더러와 메타리엔에게 주는 게 어때?"

"어디에 쓸 곳이 있어?"

"이 정도면 썬더러와 메타리엔도 무리 없이 중급 정령

이 될 거야."

그 말에 재현의 눈이 초롱초롱 빛나기 시작했다.

"정말? 바로 중급 정령이 되는 거야?"

"재현의 자연 친화력과 정령력은 이미 썬더러와 메타리엔이 진화하기에 충분해. 정령석은 그걸 보충해 주는 역할만 해 주는 것뿐이지."

또한 정령석은 정령들이 가장 좋아하는 먹거리이기도 하다고 한다. 다른 정령사들도 정령석으로 정령을 진화시킨다고 한다.

재현은 그 말을 듣고 바로 썬더러와 메타리엔에게 정령석을 건넸다. 썬더러와 메타리엔은 정령석을 받아 들더니 입에 쏙 집어넣었다.

오도독! 오도독!

오도독뼈를 씹는 비슷한 소리가 귓가를 자극한다.

분명 누가 봐도 돌인데 저렇게 딱딱한 걸 아무렇지도 않게 씹는 것이 새삼 신기한 재현이었다.

사탕을 빨듯 맛을 음미하던 썬더러와 메타리엔에게서 변화가 일어났다. 왼쪽 손등과 이마가 아려왔다.

손등을 바라보니 계약의 증표에서 빛이 일어나며 점점 커지더니 문양이 더해졌다.

썬더러와 메타리엔의 모습도 운다인과 노임처럼 소녀

의 모습으로 변했다.

조금 더 활기찬 단발머리의 번개의 정령과 여전히 졸린 눈이지만 지적인 외모로 변한 금속의 정령. 여기에 안경을 착용하면 훨씬 지적일 것 같았다.

"축하해, 다들. 이제 뭐라고 불러야 해?"

중급 정령이 된 썬더러가 재현의 품에 꽉 안겨 왔다.

"썬다이넨이라고 불러, 재현아!"

"난…… 메타이온……."

메타이온은 짧게 자신의 이름만 말하고 재현의 등 뒤에 업힌다.

무게는 있어도 거의 느껴지지 않아 아무렇지 않지만 모양새가 이상하게 되었다.

메타이온은 재현의 머리 위에 턱을 놓고 쿨쿨 잠에 빠져들었다.

늘 머리 위에서 자고 있다가 덩치가 커지니 조금 불편한 듯 자꾸 움직이며 최대한 편한 자세를 찾으려고 노력하고 있었다.

이를 보며 다들 중급 정령이 되었어도 천성은 변하지 않았다는 생각이 들었다.

*   *   *

시간은 빠르게 흘러 어느새 원정의 끝을 고하고 있었다.

이번에 발견한 B급 던전은 일루전 컴퍼니 전용 던전으로 되어 있었고, 그 안에서 사냥을 즐겼다.

재현은 지휘관으로 인정을 받았는지 일루전 컴퍼니에서는 그가 또다시 원정을 오면 확실한 대우를 해 주겠다고 약속했다.

언제 또 할지 모르지만 지금 당장은 할 생각이 없기 때문에 감사하다는 말만 남기고 짐을 챙겼다.

원정 연장 기간도 다 되었고, 재현은 이제 한국행 비행기에 올라야 했다.

남아프리카 공화국에 처음 왔을 때 도착했던 프리토리아 공항을 보니 정말 귀국하는 게 맞나 의심이 들었다.

이제 보니 시간이 참 빨리 흐른 것 같았다.

공항에서 여러 기념품도 샀다. 줄루족 인형과 버팔로 뿔 형상의 목걸이 등등. 줄 수 있는 것들은 죄다 샀다.

"조금 더 있다 가지 그러냐?"

한국행 비행기가 출발하려면 아직 시간이 조금 남아 공항에서 대기하면서 마지막으로 조환성과 아일린, 사토를 만났다.

사토는 던전에서 오크들과 싸우면서 다리뼈가 부러져

휠체어를 몰면서까지 그를 배웅해 주기 위해 나왔다.

이를 보고 재현은 감동했다.

"일단 좋은 경험도 했고, 집에 돌아가 봐야죠."

기다리는 사람도 있고 말이다. 조환성은 딱히 말릴 생각은 없었는지 고개를 끄덕였다.

"뭐, 다음에 생각나면 또 와라. 우리는 일 년 정도 이곳에 있을 생각이니까. 원정 기간을 마치면 바로 한국으로 갈지 어떨지는 모르겠지만."

"오랫동안 계시네요?"

"오래 있기는. 한국에서 지낸 기간에 비하면 새 발의 피지."

그러고 보니 조환성이 한국에 체류한 기간에 비하면 일 년은 얼마 되지 않는 기간이었다.

"나중에 한국에 오시면 연락하세요. 제가 맛있는 거 사드릴게요."

"그래. 안 그래도 그럴 생각이었다. 혹시 중국에 갈 일 있으면 연락하고. 이 형이 중국 관광지나 음식 같은 거 다 말해 줄 테니까."

"일본도 갈 일 있으면 연락하세요."

"브라질도. 치안이 좋은 곳을 위주로 소개시켜 주지."

재현은 어색하게 웃었다.

공항에서 한국행 비행기의 출발이 얼마 남지 않았으니 얼른 탑승하라는 방송이 나왔다.

"전 이만 가 볼게요."

"그래. 조심해서 가라."

남아프리카 공화국에서 한국까지 걸리는 시간은 대략 열다섯 시간 정도. 여러 나라를 경유해야 하기 때문에 꽤 많은 시간이 소요되는 것이다.

재현은 그들의 배웅을 받으며 비행기에 탑승했다.

일루전 컴퍼니에서 재현을 배려해 준 것인지 이코노미석이 아닌 비즈니스석으로 배치해 주었다.

참고로 한국행 비행기 값도 일루전 컴퍼니에서 부담해 주었다.

긴급 상황 대비 요령 방송이 나오고, 출발한다는 말과 함께 재현은 안전벨트를 맸다.

그는 편하게 등을 기대며 바깥을 바라보았다.

창문 사이로 조환성과 아일린, 사토가 보였다.

그들도 그를 발견했는지 손을 흔들어 주었다.

잠시 후, 비행기가 활주로를 타고 이동하기 시작한다.

두 달 만에 한국으로 향하는 비행기. 그는 비행기에 몸을 맡기고 잠에 빠져들었다.

남아프리카 공화국에 처음 와서 시차에 적응하느라 고

생했는데, 이제 다시 원래대로 되돌려야 할 때였다.

*　　　*　　　*

인천 공항.

남아프리카 공화국에서 한국까지 장시간 비행기를 타니 온몸이 뻑적지근하다.

재현은 비행기에서 내리기 무섭게 기지개부터 켰다.

"남아프리카에 가는 건 괜찮은데 장시간 비행기를 타는 건 죽을 맛이로군."

비행기 타는 시간만 지루하고 힘들 뿐이지, 나머지는 즐기기만 하면 되는 것이다.

오랜만에 한국에 도착하니 감회가 새롭다.

두 달 동안 한국어 하나 없는 영어 간판만 보다가 한국어를 보니 반가움부터 들었다.

프리토리아 공항에서 오후에 출발했는데, 인천 공항에 도착하고 나니 늦은 밤이었다.

시계를 보니 저녁 열한 시였다.

공항 고객 주차장에 그의 트럭을 맡겨 놓은 건 잘한 것 같았다.

유료인 터라 두 달이란 기간이나 맡겨 놓아서 가격이

좀 될 것 같다.

다행이라면 그 돈조차 일루전 컴퍼니에 영수증을 제출하면 돈을 준다고 하니 큰 걱정이 되지 않았다.

"그러고 보니 다들 옷을 두껍게 갈아입었네?"

지금 한국은 어느새 겨울이 되어 있었다.

두 달 동안 남아프리카 공화국에 있다 보니 몰랐는데, 한국의 계절도 변한 것이다.

두 달 만에 돌아오니 전부 이것저것 껴입고 있었다.

그 반면 두꺼운 점퍼는커녕 긴팔 옷밖에 없는 재현.

정령력으로 몸을 데우면 춥지는 않지만 그래도 사람들의 시선이 걸렸다.

그렇게 짐을 찾고 밖으로 나오니 재현은 뜻밖의 만남을 가졌다.

"오빠!"

윤정이었다. 재현은 의아한 듯 그녀를 바라보았다.

그녀는 재현에게 달려오며 그의 품에 안겼다.

오늘 한국으로 갈 거라는 말은 해 놓긴 했지만 그녀가 이렇게 마중을 나올 줄은 몰랐다.

재현은 얼떨떨해하면서도 윤정을 만나자 반가움부터 들었다.

"여긴 어쩐 일이야?"

"오빠가 오기를 기다렸지."

"하루 종일?"

"하루 종일은 아니고. 한…… 아홉 시간 정도?"

"그게 하루 종일이잖아."

지금이 오후 열한 시니까 오후 두 시부터 올 때까지 기다렸다는 소리가 아니던가.

그냥 집에 있었으면 만났을 텐데 굳이 공항에서 기다리다니.

그게 고마우면서도 미안한 재현이었다.

이럴 줄 알았다면 그냥 집에서 기다리라고 할 걸 그랬다.

"안 피곤해?"

"설마 오빠보다 피곤하겠어?"

솔직히 말해 피곤한 건 없다.

시차를 다시 맞추겠다고 푹 자 둔 덕분에 피곤은 사라졌다.

할 일이 없어서 지루했던 것만 좀 힘들었을 뿐이다.

재현은 힘든 내색도 하지 않고 품에 안겨 있는 윤정을 사랑스럽게 바라보며 그녀의 입에 입술을 맞췄다.

윤정은 밝게 웃으며 그의 가슴에 뺨을 비볐다. 윤정도 이렇게 보면 참 귀여웠다.

"일단 갈까?"

"응."

재현은 그녀를 데리고 차에 올라탔다.

두 달이라는 긴 시간 동안 유료 주차장에 주차를 해 뒀기에 돈이 좀 많이 나오긴 했지만, 그래도 처음 예상했던 것에 비해서는 적게 나온 것 같았다.

재현이 키를 꽂아 시동을 걸었다. 시동이 걸리고, 재현이 트럭을 몰았다.

돈을 내고 나오니 가지고 있던 현금이 사라지는 건 순식간이었다.

"오빠, 남아프리카 공화국은 어땠어?"

"음…… 여러 가지 경험이 되는 나라였어. 아, 맞다. 내가 깜빡하고 안 말했는데 정령들도 널 엄청 보고 싶어 했어. 애들아 나와 봐."

재현은 비행기에 타는 동안 소환하지 않았던 정령들을 소환해 냈다.

"우와, 윤정이다!"

다들 윤정을 보자 기쁜 듯 꼭 끌어안았다. 덩치가 커져서 앞좌석으로 오지는 못하지만, 꼭 끌어안는 것은 가능했다.

운다인, 썬다이넨, 메타이온, 노임. 다들 중급 정령이 되자 윤정이 놀란 듯 바라보았다.

"어머, 다들 진화했네?"

"굉장하지? 썬더러는 썬다이넨, 메타리엔은 메타이온, 노움은 노임이라고 부르면 돼."

"썬다이…… 뭐?"

"나중에 차근차근 알려 줄게."

어차피 집에 돌아가면 같이 지낼 테니 지금 당장 외울 필요도 없다. 자연스럽게 알게 될 테니 말이다.

이름은 나중의 문제고 윤정은 정령들을 꼭 끌어안으며 뺨을 부비부비 비볐다.

"다들 더 귀여워졌어. 메타이온? 어쨌든 졸린 눈은 여전한데 그것도 귀여워. 얘들아, 보고 싶었어."

정령들이 '꺄악꺄악' 거리며 같이 기뻐하는 모습을 보니 재현의 입가에 미소가 걸렸다.

정말 한국에 돌아온 게 맞구나, 하고 생각하며 그는 집을 향해 트럭을 몰았다.

〈다음 권에 계속〉